MiKaiA

TAIANE SANTI MARTINS

MIKAIA

3ª edição

EDITORA RECORD
RIO DE JANEIRO • SÃO PAULO
2023

CIP-BRASIL. CATALOGAÇÃO NA PUBLICAÇÃO
SINDICATO NACIONAL DOS EDITORES DE LIVROS, RJ

M347m   Martins, Taiane Santi
3ª ed.   Mikaia / Taiane Santi Martins. – 3. ed. – Rio de Janeiro : Record,
          2023.

          ISBN 978-65-5587-561-4

          1. Romance brasileiro. I. Título.

22-78655   CDD: 869.3
                              CDU: 82-93(81)

Gabriela Faray Ferreira Lopes – Bibliotecária – CRB-7/6643

Copyright © Taiane Santi Martins, 2022

Todos os direitos reservados. Proibida a reprodução, armazenamento ou transmissão de partes deste livro, através de quaisquer meios, sem prévia autorização por escrito.

Texto revisado segundo o Acordo Ortográfico da Língua Portuguesa de 1990.

Direitos exclusivos desta edição reservados pela
EDITORA RECORD LTDA.
Rua Argentina, 171 – Rio de Janeiro, RJ – 20921-380 – Tel.: (21) 2585-2000.

Impresso no Brasil

ISBN 978-65-5587-561-4

Seja um leitor preferencial Record.
Cadastre-se em www.record.com.br
e receba informações sobre nossos
lançamentos e nossas promoções.

Atendimento e venda direta ao leitor:
sac@record.com.br

para Vika Martins

para Helena Karimo e Mamy
em nome de todas as mulheres que me
acolheram na Ilha de Moçambique

Khuneetthu

Antes do aniversário de doze anos, existe o vazio. Depois, o bolo de chocolate, o cheiro de vela apagada, as vozes das crianças soando umas por cima das outras. Talvez houvesse uma música, mas nenhum rosto conhecido e, em segundos, não há mais nada. Procuro pela origem da imagem, não encontro. Eu deveria me lembrar do meu nome, mas não me lembro.

— Mikaia — uma mulher chama olhando em minha direção.

Olho para o meu corpo como se perguntasse: sou eu? Eu estou vestindo um collant marrom meio sem corte, em cima de uma meia-calça da mesma cor, e o que parece ser uma sapatilha nos pés. Não uma sapatilha de ponta, eu sei que reconheceria uma, mesmo com pouca luz. Eu me sinto como se estivesse nua, já que toda a composição tem mais ou menos o mesmo tom da minha pele. Olho ao redor e o que vejo são algumas pessoas aleatórias, transitando de um lado a outro por uma coxia, um espaço pequeno e mal iluminado. A mulher chama mais uma vez e só então me dou conta de que, de fato, é a mim que ela está chamando.

Eu sei disso não por reconhecimento do nome, nem pela forma como a palavra soa em meus ouvidos, mas pelo jeito que ela me olha.

Eu me aproximo, um pouco titubeante, esperando que não seja um engano, que não exista outra mulher atrás de mim cujo nome seja Mikaia e que seja ela e não eu que está sendo chamada.

— É sua vez — a mulher me fala num tom de voz de alguém que já chamou muito antes de ter sido atendida. Eu me pergunto a que ela possa estar se referindo e fico parada com aqueles olhos cravados em mim. Um homem se aproxima pela minha direita, segura a minha mão e me conduz por uma passagem até a entrada de um palco.

— É nervosismo de estreia — ele diz se dirigindo à mulher e aos olhos da mulher que, em nenhum momento, deixaram de estar cravados no meu corpo rijo.

Nós caminhamos de mãos dadas até o centro do palco. Ele segura meu rosto com as duas mãos, me olha nos olhos, depois beija minha testa. Eu me concentro em manter o ritmo de minha respiração. Ele sussurra um merda no meu ouvido e de alguma maneira eu sei que aquela é a palavra mais doce que ele poderia me dizer naquele momento. Ele beija meus lábios de leve, talvez eu devesse retribuir o beijo, mas não retribuo. Ele não se importa, pressiona um pouco mais as mãos contra meu rosto antes de me soltar e se afasta. Como eu não me movo, ele me mostra uma marcação ao seu lado. Eu caminho até o pequeno xis riscado no chão. Estamos sob uma luz azulada e de frente para uma cortina vermelha que esconde o horizonte da mesma maneira que alguma coisa em minha mente esconde de mim a noção de saber quem sou. Penso em dizer que aquilo tudo é um engano, que eu não deveria estar ali e que não faço a menor ideia de quem seja aquele homem ao meu lado, mas todo meu corpo me diz que o porvir escondido atrás daquela cortina é mais fácil de encarar do que a ideia do vazio que a cada minuto se espalha mais por minha mente.

Ouço um piano em três acordes que de imediato me fazem pensar no momento em que a chuva cessa logo depois de um temporal. A cortina vermelha sobe, mas a iluminação não me deixa ver o que está em minha frente. De alguma maneira eu sinto a energia de uma plateia emergir da escuridão e, quando me dou conta, todo o peso de meu corpo está sobre minha perna direita. Giro o rosto e vejo o homem ao meu lado seguir o mesmo movimento coreografado que sinto meu corpo fazer sem que eu tenha lhe dado comando algum. O mais assustador nisso tudo é não encontrar em meu interior sequer resquício de medo, como se tudo em mim fosse feito da falta e na falta a única coisa que resta é responder a qualquer conforto que os toques do piano me proporcionam. Eu fecho os olhos e espero que os movimentos se transfiram das ondas musicais para os meus ouvidos, minha corrente sanguínea e, então, minha musculatura. Um balanço entre onda e gesto que não nasce de mim, mas passa por mim e se transmuta em dança.

Sou uma coisa quebrada, um filhote de andorinha mirrado que busca pelo ninho no apoio de uma mão estendida. Eu estico o braço num bater de asa e encontro aquela mão. Ele segue seu próprio movimento e, quando sinto que está pronto para me receber, deito a cabeça sobre o meu braço e deixo que ele sustente o peso de um corpo de pássaro. A chuva destruiu o ninho que me amparava e tudo o que restou foram aqueles dois corpos desjeitosos aprendendo a se encaixar. Ele me ensina os movimentos para alçar voo e no processo de aprendizagem o trajeto da queda é certo. Eu abro o peito, jogo meu pescoço para trás e me deixo virar em ponte. Não uma ponte firme, estruturada, mas uma construção desabada cujo único destino é encontrar o chão. Mais uma vez ele me resgata e me carrega como se me mostrasse que asas são feitas para voar. Eu ensaio o salto de liberdade, mas me falta coragem para deixar o ninho e, então, me jogo em suas costas. Sou sua sombra, sua bagagem. Nós entrelaçamos as pernas e ele segue na direção do futuro. Eu vou de costas, como o anjo, sustentada pelos seus ombros e com o olhar preso no passado. Ele me joga para o futuro, mas num movimento rápido eu giro meu tronco e volto a cair num espacato. Com o pé, ele lança o meu braço para o alto e me chama a reagir, me levanta pela mão e dessa vez eu aprendo o peso do caminhar e a extensão das asas. Ele me coloca sobre sua coxa direita, me segura pelo quadril e com o olhar me aponta o horizonte. Eu me abro para o voo. Agora nós podemos nos mover num mesmo compasso e pela primeira vez nos olhamos de frente. Ele me ergue sobre sua cabeça, me sustenta me segurando pela perna e o tronco, me gira e por fim me pousa ao seu lado. Voltamos ao movimento inicial, agora como duas partes de um mesmo organismo que se reconstruiu depois da tormenta. Eu jogo meu pescoço para trás e mais uma vez me deixo virar em ponte. Não mais uma ponte ruída, agora sou morada. Ele passa por baixo de minha coluna em arco e se abriga em mim. As luzes se apagam, a música cessa, ouço os aplausos.

Posso não saber meu nome, mas tenho uma certeza na qual me agarrar: sou uma bailarina.

— Em nenhum dos ensaios você se entregou tanto quanto hoje. Vou te dizer, quando vi sua cara antes de entrar no palco pensei que não se lembraria da coreografia — o homem me diz assim que as cortinas se fecham.

— Eu não lembrei — ele me olha, questionador, e eu acrescento: —, pensei na chuva e em pássaros que não sabem voar.

— Não me venha com essa, você fez cara feia todas as vezes que Sílvia nos disse para fazer essa analogia.

— Eu não sei quem é Sílvia.

— A coreógrafa que vai ficar emocionada quando eu contar que você pensou nas breguices dela enquanto dançava — ele ri e dá uma leve revirada nos olhos, como quem compartilha uma piada interna, ao falar a palavra breguices. Depois se aproxima, coloca o braço em cima dos meus ombros e me puxa para perto como se quisesse me beijar. Eu tensiono o pescoço, viro o rosto e me desenlaço da tentativa de abraço.

— Cê tá esquisita, o que houve? Não me diga que é apenas nervosismo pela estreia. Foi um sucesso.

— Não, eu. Eu só não quero que me toque, por favor.
— O que foi que eu fiz?
— Nada. É que.
— Nós vamos ter uma crise agora?
— Não, eu — de novo olhos cravados em mim —, eu — se eu falar o que houve tudo será mais real e talvez mais definitivo —, eu — não tenho outra escolha —, eu também não sei quem você é.

Ele não tem tempo para me responder, somos cercados por pessoas nos aplaudindo e nos abraçando e comemorando o sucesso da apresentação. Ele agradece cada elogio sem deixar que eu saia de seu campo de visão. Eu também agradeço e finjo conhecer cada uma das pessoas que me dizem como eu estava maravilhosa, como a coreografia foi feita para ser interpretada por mim, como eu estava concentrada no palco e tantas outras observações tão sem sentido quanto o rosto desconhecido de seus donos.

A mulher que mais cedo, na insistência, me deu um nome se aproxima trazendo com ela um ramalhete de girassóis.

— Normalmente eu teria comprado rosas, mas você é a única bailarina que prefere flores desengonçadas — ela me entrega as flores e um sorriso. A educação me diria para retribuir o sorriso, mas não retribuo. Não me lembro da preferência por nenhuma espécie, mas acredito no que ela diz.

Ouço o homem chamar pelo nome que deve ser meu, mas não atendo ao chamado. Ainda não aprendi a atender, ainda não aprendi que tal nome me pertence. Preciso que a mulher atraia minha atenção.

— Taú está te chamando.
— Quem?
— Ora, seu namorado.

Eu olho para meu companheiro de dança. Ele age mesmo como se fosse meu namorado, ele me olha como se fosse meu namorado, ele está confuso como um namorado que escuta de sua parceira que ela não sabe quem ele é. Procuro por algum tipo de sentimento dentro de mim. Não encontro. Procuro por algum reconhecimento. Não encontro.

— A gente precisa conversar — ele me diz ao se aproximar, e a única coisa que passa pela minha cabeça é que, de fato, aquela é uma típica frase que um namorado usaria. Deixamos os cumprimentos para trás e ele pede para que Sílvia venha conosco, então eu ligo os pontos e entendo que a mulher com os girassóis é a coreógrafa.

— Você tá brincando com a gente, não tá? — eu não respondo. Ele não está com cara de quem acha que eu estou brincando. — Mikaia, por favor, fala alguma coisa — Sílvia olha de mim para Taú sem entender.

Pela primeira vez, desde a chegada do vazio, eu sinto vontade de chorar. Pela primeira vez, desde a completa falta de referenciais, eu não sei o que fazer.

— Eu não posso.
— O quê? Você não pode o quê?
— O que tá acontecendo? — Sílvia pergunta.

— Qual é o meu nome?
— Taú.
— Como você sabe?
— Ela me disse — eu aponto para Sílvia.
— Qual o seu nome?
— Eu.
— Qual o seu nome? — ele repete com a voz mais estridente.
— Eu não sei — desvio o olhar.
— O que você sabe sobre você?

Eu não quero responder. Eu não posso responder. Eu não posso dar mais força para o vazio. Eu não posso permitir que ele se transforme em algo concreto. Então me lembro das únicas certezas que possuo.

— Sou uma bailarina e gosto de girassóis.
— Eu vou ligar para sua irmã.

No hospital descubro que vou fazer trinta anos em fevereiro, danço desde os doze, nunca tive uma lesão grave, não quebrei nenhum osso. Não sofri nenhuma queda, nem bati a cabeça nas horas que antecederam a apresentação. Até onde Taú sabe, não possuo nenhum histórico familiar de doenças genéticas, cognitivas ou degenerativas. Eu diria que tenho uma saúde exemplar para uma desmemoriada.

Descubro que tenho um relacionamento estável com Taú há mais de quatro anos, mas não, não somos casados. Descubro que fui criada por uma avó e que tenho uma irmã mais velha e que ela está vindo para o hospital e já ligou três vezes desde que Taú lhe contou o que aconteceu. Ou o que não aconteceu, porque até agora não parece haver nenhum indício no meu histórico médico familiar que possa explicar a chegada do vazio.

Vejo uma residente medir meus sinais vitais enquanto esperamos que minha irmã chegue com maiores informações. Pelo menos se supõe que uma irmã tenha mais informações do que um namorado, mesmo um namorado há mais de quatro anos e que, segundo o formulário de entrada da emergência, divide um apartamento comigo. Ainda assim, um namorado, não um marido. Uma irmã deve ter mais respostas do que perguntas. A cartografia do rosto de uma irmã deve ser como um mapa do tesouro. Deve existir alguma lembrança enterrada no meio do vinco de uma linha de expressão, ou o anúncio de algum segredo compartilhado escondido nas ranhuras de uma íris. Deve haver permanência no timbre da voz de uma irmã. Quem sabe a junção de tudo isso desenterre um baú recheado de lembranças, seja lá onde ele estiver enterrado?

Acho que foi nisso que Taú pensou quando não me deixou falar no telefone em nenhuma das vezes que ela ligou. Talvez ele aposte na força contida na integralidade do mapa. Como se ouvir a voz de minha irmã significasse o desperdício de uma das suas poucas armas. Ouvir a voz de minha irmã seria ouvir uma desconhecida, e talvez apenas a totalidade do mapa seja capaz de fazer com que o prefixo se apague: é preciso uma irmã inteira para trazer o conhecido para dentro do vazio.

Eu não preciso que a residente me diga a minha pressão arterial nem minha frequência respiratória ou cardíaca para saber que não existe nada de errado com meu corpo. Taú me disse que hoje fiz uma de minhas melhores apresentações da vida, então é óbvio que minha frequência cardíaca está ok. O meu corpo sabe exatamente o que fazer, é o que está dentro do corpo que se perdeu. Uma ausência total de qualquer construção identitária, qualquer vínculo afetivo ou sinal de reconhecimento. Uma máquina em pleno funcionamento físico e cognitivo, já que minha capacidade de raciocínio parece intacta até aqui, mas ainda assim uma máquina. Máquinas não têm vínculos.

A residente me encaminha para um neurologista e me diz que precisarei fazer uma tomografia. Penso na possibilidade de ter alguma reação claustrofóbica e pergunto para Taú se costumo ter problemas com lugares fechados, ele não entende a pergunta, mas me responde que não. Então sou colocada dentro do tubo luminoso e o que sinto é um misto de medo e segurança ao ser envolvida pela luz branca. Isso e o cheiro de vela apagada.

Eu queria uma daquelas velas feitas de fogos de artifício. Daquelas que quando acesas se transformam em niworoxa e têm o poder de realizar o pedido do aniversariante. Então eu pediria por um lugar que fosse meu. E que não precisasse de papel para dizer que aquele lugar era todinho meu. Um lugar de onde eu não precisasse fugir nunca, nunquinha. Então não importaria nada do que as outras anamuane falassem, porque eu estaria no meu lugar.

    Eu vi uma vela assim na festa de uma mwaarusi do colégio, foi ela quem me disse que o pedido se realiza mesmo. Mas a minha vela é uma daquelas brancas que vêm nos pacotes de oito e que a gente usa quando falta luz. Eu acho que é a primeira vez que tenho uma vela em cima de um bolo de chocolate, então fico feliz pela minha vela branca. Eu não tenho certeza, porque eu não me lembro de como a gente comemorava aniversário antes. Tem muitas coisas que eu não lembro, mas nihimaaka me diz que é bom que eu não lembre. Ela me diz para esquecer e que se ela pudesse ela esquecia também. Nihimaaka briga comigo quando uso palavras que as outras anamuane não entendem e me diz que aqui ela não é nihimaaka, aqui ela é minha irmã. Além de um lugar novo, acho que vou pedir palavras novas que combinem com o lugar. E quem sabe se eu pedir com jeitinho o meu pedido se realize, mesmo que minha vela não seja especial.

Na saída do exame que atesta que não tenho nenhum tipo de lesão cerebral, encontro uma mulher esperando ao lado de Sílvia. Ela carrega os mesmos traços que encontrei no meu rosto quando me vi no espelho do camarim. Quando ela me vê, o meu nome escapa por entre seus lábios e ela corre na minha direção. Ela é um pouco mais alta, tem o rosto um pouco mais denso, o tom da sua pele é um pouco mais escuro e os seus olhos são um pouco menos distantes do que os meus. Minha irmã é um pouco mais ou um pouco menos de tudo o que sou.

Eu já prevejo seus braços enlaçando meu tronco e o aperto comprimindo meus pulmões. Eu quase consigo sentir a pressão ao redor das costelas, mas ela para num tropeço a uns dois passos de mim.

— Você sabe quem eu sou? — sinto medo refletido na pergunta. Aceno que sim com a cabeça. — Então você se lembra? — dessa vez faço que não. Eu vejo seu olhar umedecer, vejo a falta de reação refletida na mão que ela levanta e leva até a boca.

— Mas eu sei o seu nome — ela desvia o olhar para trás de meu ombro, na direção em que Taú deve estar. — Ele não me disse, Simi, eu sei — acrescento, e só então ela me abraça.

Eu me deixo ser abraçada e retribuo o afeto. É a primeira vez que me sinto capaz de retribuir alguma coisa nessa noite. Repito seu nome mentalmente como a criança que aprende uma palavra nova e a profere incessante só pelo prazer de ouvi-la em sua própria voz. Transformo Simi em mantra, como nome sagrado que chega num sussurro ao pé do ouvido. O médico se aproxima e eu não consigo prestar atenção nas explicações técnicas que ele repassa para minha irmã e os demais.

Simi, Simi, Simi, Simi, Simi, Simi, Simi, Simi, Simi, Simi, Simi, Simi, Simi, Simi, Simi, Simi, Simi, Simi, Simi, Simi.

Eu nem tento fingir que escuto a conversa, olho para cada traço do seu rosto à espera de um clique inesperado que não vem. Conseguir nomear algo não faz com que conheçamos sua história, saber o nome de Simi não me trouxe seu reconhecimento, do mesmo jeito que aceitar que me chamo Mikaia não faz de mim Mikaia.

Sou liberada pelo médico com a promessa de que voltarei para uma nova consulta dentro de uma semana. Ainda no café do hospital, Simi, Taú e Sílvia discutem o que fazer comigo nas próximas horas. Taú acredita que minha falta de memória seja algum tipo de efeito colateral oriundo do estresse que é a rotina de ensaios para uma temporada importante, somado ao fato de ser a noite de estreia e eu ter descoberto já no camarim que o diretor de uma companhia de renome estaria na plateia apenas para me ver. Ele insiste em me levar para casa. Sílvia acha a teoria de Taú um absurdo, acha que uma bailarina perder a memória é um absurdo, acha tudo um absurdo e se ofende por Taú estar questionando seus métodos. Taú tem mais paciência do que eu teria se não estivesse mais preocupada com a total falta de reconhecimento de meu próprio ser do que com as dores de Sílvia e explica que está tentando dizer que é impossível que nenhum dos meus exames tenha dado alteração. Tem que ter algo errado. Eu concordo com Taú, mas me parece óbvio que o algo errado aqui sou eu.

— Talvez precise de mais tempo — Simi irrompe na conversa. Ela não solta a minha mão, mesmo que não me dirija o olhar. Eu me esforço para prestar um pouco mais de atenção quando ouço ela falar.

— Como assim? — Sílvia pergunta.

— Para que apareça alguma alteração. Talvez precise de mais tempo para o organismo reagir, o médico pediu que retornássemos.

— Mas não houve nenhuma lesão. Isso é apenas um estado nervoso.

— Não seja ridículo, Taú. Nervoso é um frio na barriga antes de subir a cortina, isso é uma catástrofe — Sílvia rebate, e eu já estou de volta ao centro de meu vazio.

Taú segue acreditando que amanhã estarei melhor. Simi não larga minha mão mesmo ao perder a paciência com meu suposto namorado otimista. De dentro do vazio eu consigo entender sua irritação, também não acredito que o problema seja sono. Mas também acho plausível a positividade de um namorado que precisa voltar para casa com uma companheira que nem sabe quem ele é. Eu me perco em meus pensamentos e retorno apenas para ver Simi e Taú fazendo as pazes num aperto de mão.

Eu sinto pelo olhar que Taú lança para os cadarços do sapato. Eu sinto pelas constatações óbvias que Simi faz enquanto discute com Taú, pela mão que ela não consegue tirar da minha, pela respiração pesada que escapa de seus pulmões. Eu sinto pelo pé irrequieto de Sílvia, pelas vezes incontáveis em que ela cruza e descruza as pernas desde que nos sentamos aqui. Eu sinto por não ter nada o que opinar naquela conversa. E sinto por não me importar mais.

Sílvia vai embora dizendo que precisa conversar com os produtores para descobrir o que fazer com as apresentações do final de semana. Promete que vai cancelar os ensaios do dia seguinte e me deseja melhoras. Eu agradeço pelos girassóis, pela preocupação e companhia, por cancelar os ensaios, aquela coisa toda que a educação demanda. Depois que Sílvia se afasta, Simi sugere que deveríamos nos encontrar com nossa avó e eu me dou conta de que devem existir mais pessoas na minha vida além daquelas três. Só de pensar que terei de lidar com outros íntimos desconhecidos me sinto exausta. Quero ir para casa, quero as oito horas de sono de Taú. Aliás, quero todas as horas de sono, quero me enfiar embaixo das cobertas de uma cama que talvez meu corpo reconheça como minha e não sair mais, um casulo onde é ok não saber quem se é e onde eu não precise responder a perguntas do tipo você sabe quem eu sou, porque eu não sei quem é ninguém. Simi e Taú continuam conversando sobre a minha avó e já estão se levantando para irmos até sua casa quando digo que prefiro ir no dia seguinte.

— O que você quer fazer agora? — Taú me pergunta, é a primeira vez desde que chegamos ao hospital que alguém me faz uma pergunta direta.

— Se puder, quero ir para casa.

Taú não esconde o alívio. Seu sorriso me diz que ele precisa muito acreditar que amanhã acordarei com todas as minhas memórias restauradas. Eu não consigo me manter tão otimista, acho que Simi também não.

Uma casa nunca é apenas uma casa, não há momento de sua existência em que uma casa seja uma mera junção de paredes, portas e janelas. É intenção no projeto, sonho na visita imobiliária, futuro na mudança. Uma casa é um acúmulo de afetos, seja em porta-retratos e mobília enquanto habitada, seja nos rastros deixados por antigos donos. Os desenhos das crianças nas paredes, a lembrança dos acidentes por trás das avarias, marcas de bola de jogos clandestinos e mesmo o cheiro de tinta fresca que, como resina, soterra o que foi. Quantas gerações fossilizadas em camadas de tinta? Mesmo abandonada, uma casa é mais do que resíduo, uma casa é ruína de memórias.

    Na frente da porta de entrada do apartamento que divido com Taú, penso no que disse no hospital. Quero ir para casa, mas que casa? Fora o fato de alguém ter me dito, o que faz deste lugar minha casa? O que aqui fala de mim? Entro e dou de frente com uma fotografia de casal. É uma praia, a Mikaia da foto se atira por cima dos ombros de Taú sentado na areia. Os dois riem, não sorriem, riem de um jeito que até escuto o som escapar da foto. Mikaia com os cachos à mercê do vento, um pouco de areia nos braços que envolvem o peito de Taú. É uma foto da última viagem que aquele casal fez a Garopaba, parecem em sintonia os dois na foto. Não alcanço sintonia fora dela. Taú conta que aquela é minha preferida.

— A praia?

— A foto, mas acho que a praia também.

— Ah.

Solto o porta-retratos. Talvez eu devesse olhá-lo por mais tempo, com mais cuidado, mas aquela imagem é muito áspera para meus olhos. Taú segue me dando os detalhes da fotografia, da viagem, de como o álbum ficou exageradamente grande porque eu não consegui escolher quais fotos queria imprimir, me fala que sou uma mulher que ainda gosta das coisas analógicas da vida.

— Quem ainda imprime fotografias? — ele me pergunta e ri. Sozinho, porque sou incapaz de acompanhá-lo num gesto espontâneo.

Minto que seria bom ver as fotos mais tarde, mas que primeiro eu gostaria de tomar um banho. Taú me guia pela nossa casa. Não é muito grande, na sala encontro cores em abundância, além de uma coleção de porta-retratos sobre os quais eu apenas passo os olhos. É um apartamento alegre. Há uma pequena cozinha e uma área de serviço bem abastecida de vasinhos com mudas de chás. No quarto, Taú me mostra onde encontrar minhas roupas e me deixa sozinha. É reconfortante estar sozinha.

Abro o guarda-roupa procurando traços de um estilo próprio nas peças penduradas nos cabides. Não há nada muito extravagante, apesar das cores fortes. É o guarda-roupa de uma bailarina, muitos vestidos, uma coleção de fuseaux, leggings, polainas e tops. Procuro por algo sobre mim escondido nos tecidos, mas tudo me parece tão alheio e desconexo. Nada que diferencie muito a ideia de uma bailarina da Mikaia bailarina. Mesmo assim eu saio do banho me sentindo um pouco mais Mikaia, como se a legging e o moletom branco que escolhi fossem capazes de me dar um pouco de autoafirmação. Não por serem roupas de Mikaia, mas por terem sido a primeira coisa que escolhi nesse dia fora do tempo.

Taú me espera no sofá da sala com um chá de alecrim e os prometidos álbuns. Ele parece ser o tipo que cumpre promessas. Ele folheia as páginas de um álbum grosso quando me sento ao seu lado, são fotos de ensaios e apresentações. Ele me conta que nos conhecemos por causa da dança.

— Quando entrei na companhia, sabia que eles me colocariam para dançar com você.

— Por quê?

— Porque não tem muitos negros na Esperanza, Mikaia. Na época você era a única e, então, eu cheguei e nos colocaram para dançar juntos. Claro que colocariam — na perda das memórias devo ter perdido outros referenciais para entender a obviedade ressentida na voz de Taú. Ele não me dá maiores explicações, me conta que gostou de termos nos tornado parceiros. Eu já tinha conquistado meu espaço e, querendo ou não, aquilo seria bom para a carreira dele, mesmo que ele me achasse um pé no saco.

— Acho que não sou tão irritante assim, você mora comigo — eu digo, e ele ri e me oferece o álbum. Eu folheio mais algumas páginas, mas a verdade é que não quero ver nenhuma daquelas fotografias. Não quero ver imagens de uma pessoa que tem meu rosto, mas que eu não reconheço. Como se me apresentassem os vestígios da vida de uma sósia e me dissessem: veja, esta é você. É o meu corpo nas fotos, mas não sou eu. Eu não quero magoar Taú, então passo rápido os olhos pelas páginas, até que fecho o álbum sem ter me detido em nenhuma imagem em especial. Ele sabe que não vi as recordações guardadas com tanto carinho. Ele sabe que a tentativa de reavivar minha memória com aquela espécie de sarcófago de lembranças congeladas não deu certo, mas não há nada que ele possa fazer e isso deve ser ainda mais desesperador do que não saber quem se é. Saber quem o outro é e não conseguir fazê-lo se lembrar.

— Vou pegar minhas coisas para dormir no sofá — ele diz e se levanta.

— Não é justo você sair da sua cama.

— É a sua cama também.

— Você é gentil, Taú — gostaria de ter mais palavras para dizer.

nata nata nata escuto ao longe e o ephome escorre por baixo da porta inunda a sala mancha meus pés sobe por minhas pernas suja o algodão otteela da minha calcinha alcança a barriga os peitos que ainda não tenho se enfia garganta adentro e me cala me cala nata nata nata alguém grita distante e eu ensaio um eco do grito mas o ar não vem não entra pelas narinas não entra pela boca só o gosto de ephome e um ardido na garganta e um vazio no peito que ainda não tenho oxeeriya de ephome é tudo o que existe

Acordo com a sensação de um grande não preso na garganta. Ironia é a tentativa de recuperar algo perdido na noite e ao abrir os olhos dar de cara com a completa falta. Se existisse hierarquia em nossas idiossincrasias, caso houvesse uma repartição de memórias prontas para serem despachadas, qual parte constituinte de mim estaria autorizada a voltar? Aquele peso de não se agarra um pouco mais na minha laringe, se aglutina e forma um bolo que atrapalha o café da manhã. Divido a mesa com Simi e Taú, cada um preso à órbita de sua própria xícara depois que respondo que tenho tantas lembranças quanto tinha ontem à noite. Começo a me irritar com essa sensação de quase alcançar alguma coisa, quase me afeiçoar àquelas pessoas, quase saber que merda aconteceu dentro de mim para que eu não saiba quem sou. Quase me culpo por não fazer esforço suficiente e recuperar minha memória da maneira que Taú acreditou que aconteceria se eu dormisse mais de oito horas. Quase me condeno por ter dormido tarde demais, por ter acordado rápido demais. Quase acredito que é responsabilidade minha mesmo, que não quero saber quem sou, que não me importo com aquelas pessoas, que não tenho nada de bom para lembrar. Quase. Mas aí eu olho para o rosto de Simi e não consigo ultrapassar o quase. Se o rosto de minha irmã não for um mapa para eu me encontrar, pelo menos é aquilo que não me deixa desistir.

É por causa da expressão no seu rosto que pergunto pela minha avó e me dou conta de que esse é o primeiro questionamento que faço desde a chegada do vazio. Talvez o normal para uma pessoa desmemoriada seja o jorro de perguntas: quem eu sou, onde estou, quem é você, o que, quando, como, por que, mas me interesso pouco pelo arsenal de respostas que os outros têm a oferecer. Da mesma maneira que tenho a sensação de que me interesso pouco por qualquer tipo de solução milagrosa, não acredito que as respostas alheias sejam capazes de preencher o vazio. E ao mesmo tempo também sinto a falta de interesse de Simi em me dar respostas pré-fabricadas. É Taú quem tenta apertar todas as teclas de um teclado na tentativa de destravar um software, Simi apenas espera o programa voltar a responder. Ela me diz que nossa avó é tudo o que nos restou e conclui assim, com uma única frase, as explicações sobre a nossa família. A pior coisa em ter sua única base de dados no outro é que o outro pode se recusar a transmitir a informação. Volto a pensar que não importa o quão danificado esteja o meu sistema de processamento, no final das contas, é minha decisão levantar os dados. Pois que eu posso não insistir, posso não investigar, posso não querer saber. Posso escolher a apresentação da noite passada como o marco zero de uma nova vida, nem diferente, nem igual, apenas nova, já que não tenho nenhum parâmetro de comparação com a outra. E hoje seria meu dia UM. Eu quase, quase posso imaginar essa nova vida em que não sou Mikaia. Simi se levanta, coloca a xícara de café na pia, olha pela janela da cozinha e a luz da manhã dá brilho ao seu rosto, ela suspira. Eu quase.

Quase.

Vamos ao encontro de minha avó e eu não sei o que esperar.

— Ela esqueceu de novo — é o que Simi diz quando uma senhora nos recebe à porta de uma casinha de madeira. A senhora abraça Simi e depois me abraça e depois nos manda entrar. Então, ninguém fala mais nada. Eu quero voltar para dentro do abraço ou ir embora. A senhora serve um chá e ataca com os dedos um girassol em cima da mesa, ninguém mexe no bolo.

Há um girassol florescido entre as roseiras. Desengonçado, a palavra que Sílvia usou. Há outros girassóis no outro lado do quintal, mas só aquele entre as roseiras. Corajoso, eu diria. Eu ainda sinto o cheiro de vela apagada, mais suave do que no hospital, mas ainda sinto. Não há velas fora da casa. Há um girassol numa garrafa de vidro no centro da mesa de jantar. Há um prato com pedaços de bolo que prometem ser de cenoura. Não há velas dentro da casa. Há uma irmã sentada numa cadeira na cabeceira da mesa. Há um jogo de chá impecável. Não há um namorado, pois preferiu esperar em casa. Há uma senhora atrás do girassol. Ela prende as pétalas entre o indicador e o polegar, uma por uma. Ela sabe que eu não sei quem ela é, pelo menos ela não faz a pergunta que todos fazem mesmo que já saibam a resposta. Ela não espera que eu fale alguma coisa. Eu observo seus dedos brincando com a flor, depois vejo cicatrizes escaparem de seus braços. São muitas. Simi se remexe na cadeira desde que se sentou. Às vezes olha para a senhora, às vezes olha para o chão, às vezes olha pela janela, nunca olha para mim. A senhora não fala comigo, ninguém fala comigo, aliás, ninguém fala com ninguém.

— Não somos uma família de grandes diálogos, não é? — digo, e tomo o primeiro gole de chá, não reconheço o gosto.

— É sempre você quem começa os diálogos — a senhora me diz.

— Acho que não preciso de memória para manter alguns hábitos. Eu também gosto de girassóis — digo, fingindo naturalidade.

Ela sabe que eu gosto e me diz que colheu aquele para mim. É óbvio que ela sabe, sou eu quem não consegue lembrar. Depois ela me pergunta se eu me lembro dos girassóis e explico que foi Sílvia quem me contou sobre a preferência. Ela não fala mais nada, mas me olha como se eu devesse puxar o fio daquele novelo. Eu não puxo.

— Simi disse que eu esqueci de novo. Como assim de novo? — Simi me olha como quem falou demais.

— Essa não é a sua primeira amnésia.

Simi congela. Minha avó para de brincar com as pétalas e me encara. Eu sinto o cheiro de vela apagada mais uma vez. Simi levanta e vai se escorar na janela. Eu procuro pela origem do cheiro, não encontro nada. Minha avó serve sua xícara de chá.

— Qual foi a última vez que perdi a memória? — pergunto depois de um tempo.

— Você estava para fazer doze anos.

Eu não preciso virar o pescoço para a direção de Simi para vê-la se remexendo onde está. Algo me diz que eu deveria parar de perguntar. Eu continuo.

— E quanto tempo eu levei para lembrar?

— Você nunca lembrou, Mikaia — minha avó me dá o que Simi não me deu até agora, respostas diretas. Mas não faz o menor sentido. Se há dois dias eu sabia quem sou, como assim, eu nunca lembrei? Como alguém vive sem saber quem é? Eu reconheço o pensamento quando ouço minha avó completar que decidimos que o melhor era começar de novo, uma vida nova. Fizemos uma festa e no dia do meu aniversário de doze anos comemoramos o dia UM de nossas novas vidas. O dia UM de uma escolha, é daí que vem minha completa falta de interesse por saber do passado, como se fosse possível resetar uma vida a cada bug e recomeçar do zero. Como se eu nunca tivesse passado de uma máquina. E o que sinto pelo reconhecimento surgido do vazio é uma vontade feroz de olhar no fundo do olho de minha irmã e perguntar por quê. Por que ela não me disse isso no hospital? Por que ela não me entrega resposta nenhuma? Por que ela não olha para mim? Como alguém decide que outro alguém não precisa saber quem é? Mas eu sabia, é o que minha avó me diz, apenas não lembrava de alguns acontecimentos da minha infância. Primeiro eu não lembrava da viagem, depois passei a não lembrar dos meus pais e, no andar dos anos, o tempo de menina foi se apagando. Uma escolha feita a três. Ao que parece, todas nós concordamos que seria melhor não lembrar, mas não consigo entender como uma criança tem capacidade de tomar uma decisão de tamanha importância. Eu volto a sentir aquele bolo que não me deixou tomar o café da manhã. Eu não quero continuar com a conversa, ao mesmo tempo que quero vomitar todas as palavras que me arranham a garganta. Eu acho que Simi está chorando, mas não me viro para a janela para ter certeza. Dessa vez sou eu quem não consegue lhe dirigir o olhar.

— Apiipi — digo. Não sei bem o que estou dizendo, mas digo mesmo assim. Preciso dizer. Minha avó me olha de um jeito diferente. De alguma maneira eu sei que é a forma pela qual eu costumava chamá-la. Em tempos distantes, pelo jeito em vidas distantes também. Ela espera que eu continue a sentença, ela espera pelo que tenho a dizer, eu não tenho nada a dizer, mas ela espera. E eu finalmente acrescento. — Eu sei que esse não é o seu nome.

— Meu nome é Shaira — ela me diz e continua esperando.

— Mas não é assim que eu lhe chamava, não é?

— Não. Você me chamava apiipi, mas isso foi antes.

— Apiipi, por que eu sinto cheiro de vela?

Algumas anamuane me trouxeram presentes e eu os abro depois dos parabéns. Ganhei uma boneca, um vestido, uma caixa de um jogo que não faço a mínima ideia de como funciona e um par de brincos que são grandes demais pras minhas orelhas, mas que ficarão ótimos em Simi. Decidimos abrir o jogo e descobrir juntos como se brinca. É um jogo de mímicas, uma mwana escolhe uma carta e faz a mímica enquanto as outras tentam descobrir o que é, quem acerta mais ganha o jogo. Nós brincamos até o final do dia e nos divertimos muito.

Depois que todas as anamuane vão embora, apiipi me entrega um jirasole com um envelope comprido preso no caule e me diz que aquele é meu presente. No aniversário de doze anos ganhar uma flor é praticamente uma declaração de que já sou mocinha. Pelo menos é assim que me sinto, feliz com meu atestado amarelo de adultice. Dentro do envelope tem uma folha com um carimbo do governo. Não sei por que apiipi me daria um papel do governo, mas agradeço cabisbaixa sem ler o que está escrito. Preferiria que fosse dinheiro para eu comprar rebuçado na mercearia na frente da escola, uma mocinha pode comprar rebuçado com seu próprio dinheiro. Quando vou dobrar a folha para recolocar no envelope, apiipi me pergunta se não vou ler. Então eu leio, mas entendo pouca coisa do que está escrito.

— Aí diz que agora você é brasileira — me diz apiipi.
— E o que isso significa?
— Que essa terra agora também é sua.
— Nós não precisamos mais ir embora?
— Não.

Eu mal consigo acreditar, amanhã vou dizer pras acharusse que minha vela também é niworoxa e que também realiza o pedido da gente se a gente pedir com jeitinho. Deve ser a chama e não a explosão que se transforma em estrela e leva nossos pedidos até o céu. Amanhã todas as anamuane da escola vão saber que sou bra.si.lei.ra como elas.

Eu não consigo conter minha alegria e saltito pela sala segurando a folha sobre a cabeça e cantando. Eu agradeço apiipi com muitos beijos em suas bochechas, apiipi me deu um jirasole de onde brota a terra nova, uma terra que posso chamar de lar. Apiipi me fez amar os jirasoles para sempre.

Oliyala

Fosse a primeira vez Simi estaria à beira do desespero bem à beira beirinha pezinho apontando para fora do autocontrole. Fosse a primeira vez Simi se agarraria ao corpo de Mikaia como a jiboia se enrola na presa e não soltaria nunca jamais em hipótese alguma nem sob tortura sairia de perto da irmã. Fosse a primeira vez Simi enfiaria o dedo na cara de quem quer que tivesse cara para ter dedo enfiado e exigiria respostas, diagnósticos, soluções, milagres. Fosse outro o passado Simi projetaria de seu próprio hipocampo em alta resolução cada cena da vida de Mikaia ou trocaria de memória com a irmã e seria ela a desmemoriada se bem que sendo o passado o que é e não outro propria ficar ela também desmemoriada e se reconstruiriam as duas do nada e o passado já não seria o passado pois não seria coisa alguma. Mas não era a primeira vez e na primeira vez Simi não era muito mais do que uma criança e não cabia a ela a descabida missão de fazer com que do desespero brotassem memórias. E para além disso Simi adolescente não tinha interesse nenhum em fazer mudas de lembranças de um passado que para ela não existia e por ela não existia e que bom que aconteceu a primeira vez e ela não precisou crescer falando de memórias que preferia esquecer. Pois que a primeira vez serviu de sarcófago para a infância vivida em Moçambique e deixada em Moçambique e afinal enterrada no fundo da amnésia de Mikaia. Nada desenterraria um passado que não deveria ser desenterrado, sarcófagos não foram feitos para serem cavoucados abertos e revirados, cadáveres não deveriam ser exumados, crimes deveriam estar prescritos e nada, nada mais poderia ser feito, não havia nada, absolutamente nada, nadica de nada para ser lembrado e ao mesmo tempo nada mais deveria ter sido esquecido mas foi. Mikaia esqueceu, pela segunda vez esqueceu e pela segunda vez tudo aquilo que se esvaiu de sua memória aflorou com o cheiro de tinta fresca na memória de Simi. Uma tinta vermelha e pegajosa e enjoenta, um cheiro tão forte que se agarrou às paredes de suas fossas nasais, desceu até a garganta e ficou ali preso no grito que Simi nunca conseguiu soltar, nem mesmo depois de atender ao telefone e saber que por uma segunda vez a irmã mais nova tinha esquecido. Nem mesmo depois de desligar o telefone e entrar em seu carro. Não houve alteração na voz de Simi ao atender a ligação de Taú naquela noite, não houve lágrima nem falta de ar nem mesmo taquicardia, não houve surpresa ou choque ou histeria, houve apenas a reprise de um filme havia muito decorado. Simi tinha acabado de dar sua aula de introdução à linguística na universidade e se preparava para voltar para casa quando a voz de Taú lhe disse que Mikaia havia esquecido, respondeu no automático com meia dúzia de palavras, pegou o endereço do hospital onde enfrentaria o inevitável e entrou no carro sem saber se tomaria o caminho até sua casa onde uma pilha de trabalhos para corrigir e uma geladeira vazia a esperavam. De onde estava seriam quinze minutos até sua casa ou vinte minutos até o hospital, seria prático ir direto para o hospital, vinte minutos e o olhar da irmã. De casa para o hospital seriam mais quarenta minutos. Quinze minutos até o banho quente que a faria perceber que talvez a irmã nunca lembrasse e talvez isso fosse bom e talvez ela também pudesse um dia esquecer, ah, como ela queria esquecer e talvez se Mikaia esquecesse em definitivo ela também esqueceria e talvez isso também fosse bom, talvez. Ou vinte minutos até a dúvida a cautela e a falta de reconhecimento no olhar de Mikaia. Podia virar à esquerda no próximo sinal e encurtar o caminho, podia encarar a amnésia da irmã como se não fosse esperada, como se não fosse grave, como se fosse passar logo, como se não houvesse a possibilidade de não ser a última, podia dar a seta e. Podia. Mas não fez. Entrou no chuveiro vendo a imagem dos pais que havia muito tinham partido, da casa amarela em Nacala-a-Velha e de tudo aquilo que à noite deitada em sua cama se obrigava a não ver. Tomou banho ouvindo os sons da guerra e esfregou o corpo com a bucha vegetal tantas e tantas vezes, mais vezes do que um dia de trabalho na universidade exigiria, mais vezes do que o necessário para tirar o suor do corpo, mas não o número suficiente de vezes para apagar o passado ou esconder de si mesma as marcas deixadas em seu espírito. Secou o cabelo pensando no que diria à irmã, no que valia a pena ser lembrado, no rosto de sua avó. A avó. Decidiu não ligar para a avó que àquela hora deveria estar dormindo tranquila em sua cama sem imaginar que a mistura entre falta e sobra de um passado mais uma vez resolvera bater à porta. Ligou para Taú meio sem saber o que dizer e agradeceu quando o cunhado não atendeu o telefone. Remexeu na pilha de papéis em cima da mesa como se pudesse dar atenção aos trabalhos dos alunos, como se visse nas folhas definições de sociolinguística e não a repetição de uma única frase que dizia não, não, de novo não. Precisava falar com alguém, ouvir uma voz familiar que pudesse ancorá-la num presente construído, mas não havia espaço para haver uma voz, então não havia voz nenhuma para se ouvir, havia colegas do trabalho, amigas de conversas ocasionais, parceiros de uma noite ou três meses, mas nunca houve um vínculo forte o suficiente para invocar numa conversa os fantasmas do passado. Havia a pilha dos trabalhos de seus alunos, as noções básicas de sociolinguística, uma geladeira vazia de onde ecoavam os nomes de Sali e Iana, nomes antigos que ressoavam em seu ouvido da mesma maneira que ressoava o crocitar de corvos cujo peito era branco. E lembrou do tempo de escola e da convivência com meninas que por conhecer apenas corvos pretos não viram possibilidade de existência para corvos de peito branco e por conhecer muito das normas gramaticais e pouco da sociolinguística zangaram com o acento de Simi, com as palavras de Simi, com o jeito de Simi, com a cor de Simi. E fizeram com que Simi quisesse ser brasileira, falar como brasileira, se vestir como brasileira, esquecer como uma brasileira esquece, mas não esquecia. E aprendeu as normas gramaticais e se formou na universidade em Letras e passou os primeiros anos depois de formada lecionando o acento do português brasileiro para as crianças da quinta série, o mesmo acento que ouviu na ligação de Taú uma hora mais cedo, o mesmo acento que esperava ouvir novamente depois do terceiro toque porque não conseguia encontrar o papel onde tinha anotado o endereço do hospital por mais que morasse no bairro tempo suficiente para saber chegar ao hospital sem a necessidade de ter um endereço anotado. E Taú atendeu ao telefone falando baixinho e no fundo da chamada ouviu a voz de Mikaia conversando com Sílvia e a voz de Mikaia era a mesma voz que mais cedo agradeceu aos desejos de boa sorte e desligou o telefone dizendo te amo, irmã, com aquele jeito de dizer irmã carregado no r e fechando o som do i de tal maneira que o que se ouvia era quase um te amo, er-mã, de um jeito todo brasileiro de dizer que o sentimento por uma irmã não se esquece jamais. O mesmo timbre a mesma articulação a mesma maneira de pronunciar as palavras de alguém que sabe quem é e se lembra dos seus e vai continuar a lembrar. Uma voz ao fundo de uma ligação que não deixou de ser uma voz ao fundo de uma ligação porque Simi não pediu para falar com Mikaia mesmo que a maior parte de sua atenção estivesse na voz da irmã e não no endereço que Taú passava e do qual ela não precisava já que sabia muito bem como chegar ao hospital, tampouco a irmã perguntou quem estava do outro lado da chamada nem pegou o telefone dizendo que tudo não tinha passado de uma brincadeira sem graça e sem gosto e sem a menor possibilidade de ser brincadeira porque com essas coisas não se brinca do mesmo jeito que não brincou mais depois do dia que perdeu os pais e o país na pequena machamba em frente à casa amarela. E quando chegou ao hospital fez força para afastar as imagens como quem chega da praia e bate os pés antes de entrar para tirar a areia e não importa a força da batida há sempre um pouco de areia que fica presa ao tornozelo, ou escondida entre os dedos do pé. E ouviu Sílvia contar sobre a apresentação daquela noite, sobre a falta de resposta e o olhar apagado de Mikaia antes de entrar no palco, sobre a coreografia impecável, sobre como nervosismo se transformou em amnésia. E viu como Sílvia não conseguia entender a falta de reconhecimento e tampouco entendia como amizade podia se transformar em desconfiança pois não cresceu tendo que inventar memórias para preencher lacunas da infância. E Simi nem tentou explicar, não se explica o que se faz de uma intimidade apagada, fez perguntas sobre a coreografia e viu Sílvia se estender nas respostas até a porta da sala de emergência se abrir e de lá sair uma irmã. E junto da irmã veio a tremedeira e um nome que escapou do fundo da garganta e a vontade de correr e abraçá-la e segurá-la até que todas as lembranças voltassem e se não todas pelo menos as que a levaram de miúda a primeira bailarina, as brincadeiras de banana, a canção ansiosa para cortar o bolo de aniversário já em cima da mesa mas sempre a demorar, o tufo esquecido antes mesmo da primeira sapatilha de ballet, o riso. Abraçaria Mikaia se o abraço fosse capaz de mudar o passado e a abraçaria mesmo impotente não fosse o rosto consternado de Taú, não fosse aquele olhar esquecido que Simi já conhecia. No lugar do abraço veio a pergunta retórica de um você sabe quem eu sou e o espanto de um aceno de cabeça afirmativo que fez despertar uma esperança cruel de um vazio curado com paracetamol ou qualquer outro mol ou comprimido de efeito placebo capaz de evitar um diagnóstico de amnésia ou refugiada de guerra só para frustrá-la logo em seguida porque a realidade aprendeu a atravessar o Atlântico. E, afinal, não era de hoje que Mikaia não sabia quem era, ou quem Simi era, ou quem era quem quer que fosse que pertencesse ao passado, por mais que aquele fio de esperança remoída insistisse em não se romper só porque Mikaia lembrou de um nome e se ela lembrou do nome poderia se lembrar do laço e do afeto e. Melhor parar no afeto. Porque foi do afeto que veio o abraço que Simi não conseguiu conter depois de ouvir seu nome saindo da boca de uma irmã desmemoriada e no impulso se agarrou ao corpo de Mikaia como a jiboia se enrola na presa e não soltaria nunca jamais em hipótese alguma mas precisou soltar e desviar a atenção para o médico que chegou acompanhado por Taú e de quem poderia ouvir alguma explicação ainda que soubesse que não haveria explicação porque nunca houve explicação médica ocidental científica para tudo aquilo que as duas passaram lembrassem elas ou não. E o que ouviu do médico doutor detentor de respostas foi um pedido de calma e paciência como se Simi tivesse feito outra coisa além de ter calma e paciência e ser uma mulher razoável quando não havia nada de razoável desde o dia em que amarrou com a capulana a irmã mais nova em suas costas e dividiu com mãe, tias e avós a tarefa de cuidar de outro ser humano com mão pé e braço não muito menores do que suas próprias mãos pés e braços e olhos e ouvidos que desde cedo aprenderam a reconhecer a linguagem da aka 47 porque a guerra já existia quando ela nasceu e só mudou de nome depois de Mikaia nascer e a linguagem da aka se aprende mesmo no silêncio porque não importa a localização do conflito a fome chega antes do tiro. Mas chega. A fome o tiro e a vontade de esquecer e mandar tudo à puta que pariu o médico, a coreógrafa, o cunhado, a porcaria da amnésia da irmã e o cheiro de comida da lanchonete do hospital que a faziam pensar no gosto da xima por mais que não lembrasse o gosto que a xima tem. E quis pedir um café e um pão de queijo não porque estivesse com fome ou quisesse tomar um café mas porque aquilo era a combinação mais brasileira que poderia encontrar numa lanchonete de hospital e esperava que um café requentado fosse capaz de soterrar a porra do gosto da xima e de tudo o que o gosto da xima trazia para a memória. E se manteve atenta ao café e à mão de Mikaia e ao desenho das veias saltadas na mão de Mikaia porque não podia olhar para o rosto da caçula ou encarar seus olhos e pensar que perderia a irmã mais uma vez porque não podia perdê-la. Mikaia era tudo o que tinha e era tudo o que restou e era tudo o que restaria depois que a avó partisse e ela mesma partisse e levasse com ela tudo o que nunca contou. Mas se Simi não perdesse a irmã para a amnésia perderia para o passado e isso não podia acontecer e ela não deixaria isso acontecer e levaria com ela tudo o que ficou enterrado na infância e a única forma de Mikaia saber seria lembrar e ela não lembraria. Nunca jamais. E mesmo se lembrasse seria mentira porque Simi diria que era mentira porque não se pode confiar numa memória danificada, as coisas ficam confusas e não foi bem assim que aconteceu e então já não existiria mais, porque memórias não confiáveis não são memórias e Simi poderia levar seu segredo para o túmulo pois nem mesmo a avó poderia confirmar o que aconteceu dentro daquele quarto na casa amarela em Nacala. E um dia a avó iria partir e ela mesma iria partir e tudo o que restaria seria a irmã mais nova e a família da irmã mais nova e quem sabe sobrinhos que nunca saberão que sua mãe, sua tia e sua avó fugiram da guerra. Sobrinhos que nunca ouvirão o barulho da aka e nunca precisarão saber o que são passes de viagem, campos de reeducação ou deslocamentos forçados e aprenderão nos livros as diferenças entre as guerras e conhecerão seus nomes e seus números, seus líderes e suas motivações mas não terão nunca, nunca sentido seus cheiros e não aprenderão nos livros nem na pele que a guerra civil teve o mesmo som, o mesmo cheiro, e o mesmo gosto de morte que a guerra de libertação antes tivera. E Mikaia poderá contar para os filhos histórias bonitas sobre sua infância, sobre seus pais e seu país, histórias que Simi selecionou, ou inventou, ou distorceu, ou enfeitou porque afinal de contas houve muita coisa bonita em Moçambique e continuava havendo muita coisa bonita em Moçambique e as cores do Índico são mesmo para se ter na memória e os sons do calafate e os movimentos do tufo e. Até mesmo o gosto da xima. Então Simi nem precisaria mentir apenas editar um pouco, suprimir algumas partes, esquecer algumas respostas, o normal é lembrar das coisas boas, não é, e ela não era obrigada a lembrar de tudo como se fosse um backup da memória da irmã. Então praticamente nem seria mentira. Até a avó concordaria porque afinal de contas já tinha concordado até ali e a avó também nem deveria lembrar direito de tudo o que aconteceu em Nacala por mais que tivesse uma boa memória mas já tinha uma idade avançada então era normal que se esquecesse de alguns detalhes e tudo bem esquecer. E Mikaia acreditaria, porque tinha que acreditar e as duas eram irmãs e Simi não teria motivos para mentir para sua irmã caçula ainda mais quando se tratava de algo tão importante e tão especial quanto as memórias de uma vida e uma família. Sim. Mikaia acreditaria, Mikaia precisava acreditar porque Simi não tinha a menor ideia do que fazer se Mikaia não acreditasse. E no final seria tudo verdade porque quando se conta a mesma mentira repetidas e repetidas vezes ao longo de vinte anos ela se torna verdade do mesmo modo que um sujeito ganha a posse de sua terra depois de habitá-la por mais de dez ou quinze anos ou até mesmo dois anos em casos especiais, então era isso, Simi tinha direito ao usucapião das memórias que editou com tanto cuidado nos últimos vinte anos e não seria a merda de uma nova amnésia que revogaria esse direito. E talvez o problema nem fosse o passado, talvez houvesse algum dano no cérebro da irmã, às vezes bailarinas caem e às vezes batem a cabeça e o cérebro é uma massa gelatinosa tão frágil e o médico pediu que retornassem dentro de uma semana para novos exames e talvez só precisasse de mais tempo para aparecer um borrão qualquer em um encefalograma para dizer que Mikaia não recuperaria a memória jamais. E tudo voltaria ao normal. Porque Taú daria um jeito de reconquistar a irmã e isso seria quase como renovar os votos de um relacionamento e Sílvia disse que Mikaia era capaz de dançar mesmo não tendo memória e dançar era tudo com que sua irmã se importava e Mikaia sempre teve esse jeito esquecido de modo que a maioria das pessoas não iria nem notar a diferença e Simi já estava acostumada com a incerteza e a avó também sempre soube como reconstruir o passado e em pouco tempo tudo estaria de volta aos conformes. Por um segundo Simi acreditou, porque queria acreditar, porque faria tudo para acreditar na sacralidade de sarcófagos enterrados, mas Taú insistia em dizer que era apenas um estado nervoso e Mikaia só precisava de oito horas de sono ou quem sabe quatorze ou um dia todo e um chá de alecrim e tudo iria passar e a confiança irritante na voz do cunhado lhe dava ganas de esmurrar a mesa ou a cara de alguém mas precisava ter calma e paciência e ser uma mulher razoável porque Taú não conhecia o vazio, não conheceu antes e não conhecia agora por mais que estivesse enfiado até o pescoço no vazio da mulher que amava e ninguém poderia culpá-lo ou acusá-lo de estar diminuindo a gravidade da situação quando nem mesmo o médico doutor detentor de respostas podia oferecer diagnósticos fechados ou certezas fossem elas pessimistas ou não. E já não fazia mais sentido enrolar na lanchonete do hospital fingindo tomar o resto de um café requentado que não queria ou fingindo interesse na tagarelice de Sílvia sobre cancelar ensaios e remarcar apresentações ou na boa-fé de Taú nas oito horas de sono quando todos ali sabiam que estavam evitando o fato de que nenhum dos três sabia o que fazer com Mikaia e precisavam fazer alguma coisa porque não podiam passar a noite na lanchonete vazia de um hospital e deveriam levar Mikaia para casa ou pelo menos descobrir o significado de levar Mikaia para casa quando casa não tem significado nenhum para alguém com amnésia. Esperava-se que um vínculo consanguíneo tomasse a frente na produção de respostas ou de cuidados exagerados ou no mínimo na oferta de uma cama no quarto de hóspedes porque não era aceitável esperar da pessoa desmemoriada da mesa a redefinição milagrosa de seu léxico afetivo ou a escolha entre um namorado de quem não lembrava ou uma irmã de quem só conhecia o nome. Porém, não houve disputas quando Mikaia disse que preferia ir para o apartamento onde morava com Taú. Talvez devesse haver. Disputa e a pergunta acusativa de um porquê, por que uma irmã sem norte não ficaria junto à única bússola que possui e por que não passariam a noite tentando consertar as falhas geológicas de uma relação construída através do vazio? Talvez Simi até quisesse perguntar e perguntaria se não tivesse que tirar pilhas de livros e documentos da universidade de cima da cama no quarto de hóspedes, perguntaria se não precisasse ligar para a avó pela manhã e explicar como pela segunda vez Mikaia perdeu a memória, perguntaria se as noções básicas de sociolinguística a tivessem preparado para lidar com a resposta. Não perguntou, dirigiu até sua casa sem a necessidade de pensar por quais ruas passaria pelo caminho, estacionou o carro na garagem e subiu para o apartamento sem pegar a bolsa pousada sobre o banco do carona, descalçou o oxford ao passar pela porta de entrada e se atirou em sua cama sem trocar de roupa ou mesmo tirar o sutiã, puxou o cobertor até cobrir toda a cabeça, fechou os olhos, dormiu depois da terceira inspiração profunda. Entrou em sono REM antes dos costumeiros noventa minutos e sonhou com a primeira vez que dormiu numa cama na casa amarela em Nacala quando Mikaia ainda ia amarrada na capulana em suas costas e brincava com os cachinhos soltos na base de sua nuca por serem pequeninos demais para alcançar os trançados mas de tamanho suficiente para serem puxados pelos dedinhos da irmã que ria a cada exclamação de dor que Simi soltava e não tinha coragem de repreendê-la apesar dos beliscões porque a gargalhada da miúda era tão gostosa que mesmo o pai parava para ouvir. E viu o estrado ganhar forma pelas mãos de Sali a cada prego que perfurava a madeira e ocupava seu lugar e ouviu mais uma vez o som do martelo dizendo às miúdas que dali para a frente não dormiriam mais na esteira por mais que a esteira fosse a única cama e sofá e mesa que conheciam e era tão aconchegante deitar na esteira que se recusaram a deitar na cama nas primeiras noites, mas Sali zangou porque não tinha feito uma cama e conseguido um colchão para a mulher e as filhas continuarem dormindo no chão. Quem sabe fosse melhor se tivessem mantido a esteira ou se não tivessem uma casa com paredes amarelas ou se seu pai continuasse a sair para pescar todas as manhãs ou se o sustento familiar continuasse vindo das salinas ou se o país não tivesse tido que conquistar a liberdade no grito e no tiro a ponto de fazer da aka sua bandeira e do sangue derramado um trunfo ou um atestado de avanço e não o vazio que escorria viscoso pelo estrado de madeira e pingava na testa de Simi escondida embaixo de uma cama que se não existisse jamais teria testemunhado o fim de sua família. Acordou com a gola da camisa ensopada e às três horas da manhã resolveu colocar o pijama e apagar as luzes do quarto não sem antes conferir se suas memórias ainda se enroscavam furtivas e dissimuladas embaixo da cama. Passou o restante da noite num estado de vigília sem relaxar o corpo ou a mente na tentativa de não voltar para o sonho ou a lembrança de um pai construindo seu próprio fim porque não conseguia consentir que a guerra atravessaria a porta da casa amarela mesmo se ela fosse feita de matope, mesmo se o telhado fosse de palha e mesmo se continuassem dormindo na esteira porque a guerra sempre habitou todas as casas e todas as vidas e os sonhos de Simi e as escolhas do pai, da mãe, da avó e dos homens que invadiram a casa amarela e as casas de matope antes da casa amarela e aderiram à luta armada antes de terem escolha porque tudo o que sempre conheceram foi a guerra e a falta e um desejo de liberdade travestido em violência. Caso tivesse dormido de fato acordaria, então, pontualmente às seis horas da manhã no segundo toque do telefone para ouvir a voz de Shaira querendo saber o que tinha acontecido com suas netas porque o narrota em sonho lhe avisara que elas precisariam de ajuda. Contou tudo o que sabia da noite anterior sem nem questionar a procedência dos avisos recebidos pela avó pois que já era costume o fato de Shaira saber de coisas sem que ninguém lhe contasse e no mais não fazia a menor diferença o excesso de racionalidade aprendido na escola ou a negação das histórias da avó ou dos ensinamentos do bisavô narrota. Nunca importou que não tivesse aprendido a ler os ventos e tampouco sabia alinhar as estrelas ou conhecia os movimentos das ondas, não importava nunca ter praticado o salat e menos ainda nunca ter se considerado muçulmana desde que chegaram ao Brasil, não importava sua completa desconsideração pelas crenças da avó e de todos aqueles que vieram antes da avó, Shaira sempre sabia quando suas netas precisavam de si. Precisaram há vinte anos quando deixaram a casa amarela para trás e junto da casa amarela abandonaram os pais, uma cidade que era porto, o país e os documentos e a língua e a fé e o Índico e Mikaia deixou as memórias que Simi escondeu embaixo da cama. Precisaram quando chegaram ao Brasil e não ganharam muito mais do que nova língua, nova pele e novos medos. Precisaram da avó todas as vezes que quiseram esquecer e todas as vezes que precisaram lembrar e todas as vezes que acordaram de pesadelos no meio da noite pronunciando palavras de uma língua que fingiam não conhecer. E de tanto fingir, a língua foi ficando cada vez mais distante e as palavras cada vez mais estranhas e o sotaque cada vez menos acentuado e aprenderam palavras novas e decidiram acreditar que a avó falava de um jeito diferente que era todo especial porque era o jeito próprio das avós. E por isso o jeito da avó de dizer suas próprias palavras as acalmava tanto, porque eram palavras de avó e não a reminiscência de uma terra natal entoada na fala de uma avó. Como se a voz de Shaira fosse capaz de apagar os quase nove mil quilômetros que as separavam de casa porque Shaira era a única casa da qual sempre se lembraram. E ao ouvir a voz da avó naquela manhã Simi acreditou que tudo ficaria bem e que não perderia a irmã mais nova e não perderia mais ninguém porque a voz da avó sempre teve a capacidade meio mágica de fazer com que as netas acreditassem que não importava a realidade lá fora se estivessem juntas estariam seguras e sempre estariam juntas e a vida continua porque sempre continuou e sempre continuaria e não havia motivos para desconfiar de uma avó cujos sonhos contavam histórias e cujos passos marcavam a trilha de uma mulher que sozinha colocou o fim numa guerra. E dirigiu até a casa da irmã confiando na possibilidade de que oito horas de sono tivessem restaurado as memórias de Mikaia e ririam todos da preocupação exagerada da noite anterior ao mata-bicharem juntos em volta da mesa. E apertou sorridente a campainha do apartamento 601 como quem chega para um café da manhã em família e traz pães quentinhos só porque passou na frente da padaria e sentiu o cheirinho de pão saindo do forno e pensou que levar pães novinhos para o café seria a visita perfeita e a única visita possível para se fazer à irmã mais nova às sete horas da manhã de um dia de semana cheio de compromissos que esqueceu de cancelar na noite anterior e esqueceria de cancelar ao longo do dia porque foi recebida na porta por Taú e Taú não sorria. Nem à porta nem à mesa enquanto tomavam um café sem pão sem açúcar e sem conversa porque as horas de sono não foram capazes de trazer a Mikaia as memórias pelas quais Simi esperava e pensou que não havia motivo para sentir qualquer frustração porque no fundo sabia que dessa vez as feridas viriam à tona e suturas deveriam ser desfeitas e muita carne podre ficaria exposta mas esperava que pelo menos pudesse escolher de qual das bandagens necrosadas ela iria se livrar. E já não acreditava que o simples encontro com a avó traria de volta as lembranças aprovadas para serem lembradas ou qualquer outro tipo de milagre pois já não acreditava mais em milagres de ordem alguma tampouco saberia nomear o que seria um milagre naquela situação já que um aperto na boca do estômago lhe dizia que ela não tinha mais para onde correr como a criança que brincando deixa os pés para fora ao se esconder atrás da cortina e era só uma questão de tempo para que mesmo a cortina caísse e com ela tudo de sólido que Simi um dia conheceu. E olhar para o rosto da irmã ficava a cada hora mais triste e mais desafiador porque algo lhe dizia que Mikaia lembraria, não apenas o próprio nome ou os sentimentos pelo cunhado, ou a flor preferida, ou as datas das próximas apresentações de ballet, não se lembraria apenas das amigas da escola e dos vinte anos que viveram no Brasil. Mikaia se lembraria de Moçambique e se lembraria de Nacala e se lembraria do Índico e se lembraria do sangue, da dor e da morte. Talvez fosse o ardido no estômago, talvez fosse o sonho com a casa amarela ou o sonho da avó com o narrota, talvez fosse o fato de Mikaia ter lembrado seu nome ou talvez fosse o cansaço de quem esconde sozinha o passado embaixo de uma cama. E já não era capaz de diferenciar o pressentimento de ter seus segredos desvelados da vontade perversa de dividir o peso daquilo que escondia embaixo da cama e não suportava mais esconder e fingir que não carregava nenhuma dúvida ou lacuna ou cicatriz porque as cicatrizes da irmã caçula podiam não ser maiores do que as suas mas eram mais visíveis e mais palpáveis e ela era a mais velha e para isso servem as irmãs mais velhas então tudo bem calar suas próprias dores e cobrir os vergões que nunca abandonaram sua pele e tudo bem inventar para Mikaia uma infância que nunca existiu ou a imagem de uma irmã inquebrada e nada mais esperado do que preferir acreditar na imagem de si refletida no olhar de Mikaia já que assim nenhuma das duas precisava ver o que estava incrustrado entre os remendos. Já não podia olhar para a irmã mais nova sabendo que de um jeito ou de outro ela lembraria mesmo que não tivesse sido depois de oito horas de sono e mesmo que não fosse mais tarde ao se encontrar com a avó e mesmo que não fosse naquela noite ou na noite depois daquela ou que tardasse em algum momento o curativo iria cair e toda a inflamação escorreria infeccionada na cara de quem quisesse sentir e de quem não quisesse também pois seria impossível ignorar o cheiro de podridão escapando de suas lembranças. Já não era uma irmã na sua frente, já não existiam mais dedinhos lhe puxando os cachos, já não sentia corpinho algum lhe esquentando as costas enquanto amarrado à capulana ou risadinhas estridentes lhe entrando no ouvido, já não havia a amizade de uma vida inteira apenas a iminência da queda, Simi não podia encarar a irmã e ver apenas o tique-taque de uma bomba-relógio pronta para explodir e levar com ela o que lhe sobrou de segurança. Irritou-se com Taú ao se dar conta de que o cunhado não iria até a casa de Shaira e que assim atravessariam a cidade ela e Mikaia no desconforto de quem aprendeu que o silêncio tem peso de espólio de guerra, o cunhado no apartamento na crença de que o laço fraterno se reataria nas voltas do trânsito e as duas sufocadas na carcaça automobilística das perguntas que Mikaia não sabia que tinha e das respostas que Simi não estava disposta a entregar. Se o cunhado entendesse a linguagem das ruínas ou tivesse aprendido a numerar silêncios conheceria as variáveis do cálculo de sua transposição e entenderia que o resultado daquela equação apontava para um gráfico difícil demais para Simi encarar, teria então feito o favor de acompanhá-las, mas não acompanhou. E Simi só deixou de ranger os dentes quando as duas chegaram caladas e sozinhas à casa da avó mas ainda arrastava o passo e ainda tinha a testa franzida e a única coisa que disse ao chegar foi a constatação óbvia do fato de que todas ali já tinham conhecimento só para se arrepender mais tarde quando Mikaia quis saber o que significava a frase ela esqueceu de novo sendo que ninguém tinha comentado que Mikaia já tinha esquecido uma vez então como era possível esquecer de novo e Mikaia não precisava saber que aquela não era a primeira vez e a raiva do cunhado só aumentou porque se ele não as tivesse deixado sozinhas Simi não teria ficado irritada e não teria falado demais e acabado com o pouco de chances que ainda restava de Mikaia não descobrir nunca jamais que as duas tinham um passado escondido embaixo de uma cama. Levantou-se da cadeira quando a avó começou a responder às perguntas da irmã mais nova sem hesitar sem desviar de lacunas e sem ter o menor pudor ou a decência de dizer que não havia nada de mais no passado e que Simi não queria dizer nada com de novo porque a amnésia era algo inesperado e inexplicável e só não foi embora deixando para trás irmã, avó e uma xícara de chá de rooibos pela metade ao ouvir Mikaia usar palavras de uma língua esquecida porque sabia exatamente o que de novo significava.

Wupuwela

— Eu não sou brasileira — é a primeira coisa que digo a Taú quando chego em casa, como se aquilo fosse novidade para mais alguém além de mim. Eu não entendo muito bem o que não ser brasileira significa, por mais que eu devesse entender o significado da negativa de um pertencimento. Eu não consigo imaginar outra coisa senão uma amnésia para aproximar tanto um ser de sua própria negativa. A amnésia é esse estado entre não ser nada e ser tudo, é o pertencimento tangível em todo olhar, mas nunca alcançado. Se eu tivesse memória e alguém me pedisse para conceituar o não pertencimento, decerto eu o perguntaria para um amnésico e, ao que tudo indica, não obteria resposta nenhuma. Porque, quando acho que entendi alguma coisa sobre não me lembrar de mim, eu esbarro com a negação da única identidade da qual não preciso ter lembrança nenhuma para possuir. Eu também não sei o que significa ser moçambicana, já que é como se eu nunca tivesse pisado em Moçambique. Eu me lembro do Brasil tanto quanto me lembro de Moçambique, mas o Brasil está aí espalhado por todos os lados e todos os cantos, em todos os cheiros e em tudo o que eu vejo e toco. Não é uma urgência me lembrar daquilo que me cerca, mas eu preciso do que não está aqui. Preciso me lembrar de Moçambique.

É difícil para Taú lidar com o fato de minha nacionalidade controversa ser a maior das minhas preocupações. Ele não entende que para mim é até tudo bem me esquecer de uma avó, de uma irmã e de um namorado. Não sei se alguém entenderia. Tudo bem me esquecer de uma companhia de dança, de uma coreografia, de nomes ou preferências. Não é como se eu não me importasse com laços afetivos. Eu me importo, mas me esquecer de um país inteiro é assustador demais para que essa não seja a maior das minhas preocupações. O jeito que minha avó me conta coisas sobre mim, o jeito de Simi evitar o meu olho e a conversa, a ânsia de Taú. Ninguém espera que eu me lembre, e ao mesmo tempo todas as hesitações em toques, palavras e suspiros me acusam por ter esquecido e me fazem pensar no que de alguma forma sei que deveria lembrar. A razão dessa culpa carcomida que eu percebo em cada sopro de passado que me chega sussurrante ao pé do ouvido.

Não é mais como se as lembranças me fossem intangíveis, elas me chegam com o gosto da culpa e, se eu consigo sentir seu gosto no fundo da língua, é só questão de tempo até que eu possa alcançá-las. Há uma parte de mim que acredita no vínculo construído com Taú, há uma parte de mim que responde ao afeto que ele guarda para si quando se esforça em não me tocar. Eu não estou pensando em sair porta afora porque olho para meu namorado e não encontro o sentimento que ele espera. Acredito que isso possa ser considerado comprometimento.

Não deveria ser um problema a minha vontade de entender o que Moçambique significa. Tudo aquilo que deveria me pertencer, mas não me pertence, parece residir num país distante cujo nome arde em piri-piri na língua de todos a minha volta. É difícil para mim lidar com o fato de que todos aqueles que deveriam me dar respostas se transformam em bichos acuados cada vez que aponto na direção de minha origem. Eu já não encontro a vontade de recomeçar do zero, escolher a noite em que perdi a memória como o marco inicial de uma nova vida. Já não me interesso por um remendo de ausências para chamar de vida nova. Não existe novidade na falta. O que eu quero é regredir a contagem até alcançar o verdadeiro marco inicial de minha existência. Renascer Mikaia inteira em origens e sentidos para palavras desconhecidas que se acendem em minha memória em maior velocidade do que os acontecimentos. Talvez eu precise aprender uma língua nova para traduzir quem sou.

Alguma coisa se revira entre as minhas costelas e não sei se estou prestes a ter uma crise de ansiedade, ou se meu corpo exige movimento, reclama de lembranças perdidas a entupir minhas veias. Digo para Taú que preciso dançar, voltar para uma rotina conhecida pode me ajudar a lembrar e ainda temos apresentações pela frente. Não é como se uma turnê inteira pudesse ser cancelada só porque a primeira bailarina esqueceu como se chama.

Entro esbaforida no quarto, a porta bate com força atrás de mim. Conto pra nihimaaka o que acabei de aprender. Atiro a mochila num canto qualquer, me jogo de costas sobre a cama, tiro o sapato, cheiro antes de jogar no chão, tiro o outro, faço o mesmo. Nihimaaka não se mexe, não fala nada e só então me dou conta da falta de xingamentos quando entrei.

— Simi? Eu aprendi a fazer um plié. Não é difícil, a professora só disse que preciso imaginar que tem um fiozinho puxando a minha cabeça pra cima para manter a postura ereta. E que o joelho tem que ficar alinhado com a ponta do pé, nisso o fiozinho da cabeça ajuda. Ah, e que preciso desenhar um balão entre meus joelhos porque se não tiver balão, então não é plié. É perna preguiçosa. Simi? Não estás a perceber?

— É. Sim. Eu entendi. Parabéns.

Simi está na cama dela, virada de costas pra mim. Não me olha pra falar comigo, não reclama das palavras que eu uso, não me xinga por não ter respirado entre as frases, nem por ter batido a porta ao entrar. Tá estranha. Ela sempre me xinga por bater a porta. Eu vou até ela e me sento escorada em suas pernas. Ela não me conta o que aconteceu, mas também não me esconde que está chorando. Eu fico ali, sem perguntar, me deito com ela, me enrosco em suas costas e fico brincando com os cachinhos dos seus cabelos. Depois de um tempo ela para de chorar e eu pergunto se ela quer conversar e ela me diz que não. Então espero mais um pouco e pergunto se ela acha que tenho chulé. Deixa eu ver, ela me diz ao se atirar em cima do meu pé, e começa a me fazer cócegas. Pronto, meu chulé sempre melhora o humor da minha irmã. Mais tarde pergunto para apiipi o que tinha acontecido e conto que nihimaaka estava chorando. Apiipi também não faz questão de me responder e me manda perguntar para Simi.

— Mas eu já perguntei!

Soa natural entrar em quinta posição na frente do espelho, meu quadril se encaixa en dehors sem o mínimo esforço, o dedão do pé esquerdo colado ao calcanhar direito, o mindinho direito colado ao calcanhar esquerdo. Minhas mãos em posição desde que comecei os alongamentos, como se minhas articulações tivessem se moldado no útero para o ballet. A coluna ereta, o queixo, os ombros e o quadril alinhados, as omoplatas encaixadas. Os braços flexionados acima da cabeça, não tão baixos que escondessem meu rosto, nem tão altos que abrissem minhas costelas, posicionados com rigor ao alcance de meu olhar com um simples levantar de olhos. Todo meu corpo simetricamente treinado para parecer perfeito.

Eu repasso a coreografia com Taú, que não consegue desfazer o sorriso pelos minutos em que voltamos a ser um casal normal. No espelho, nos vemos deslizando pela sala e não paro de pensar em dois corcéis sustentados pelas pontas de seus cascos. Elegantes na superfície e indomáveis por dentro. Desde a chegada do vazio sinto o incômodo dos olhares desconfiados como arreios em volta de minha cabeça. Sinto o couro da chibata arder na minha pele em cada lacuna que tropeço. E a única coisa que quero é deixar meu corpo passar do trote ao galope em seu próprio ritmo. De alguma maneira, dançar com Taú é a forma que encontro para resistir à doma.

Enquanto dançamos eu me desconecto da enxurrada de dúvidas dos últimos dias e deixo minha mente se esvaziar, um esvaziamento voluntário dessa vez. Quiçá ao render-me ao nada o passado encontre espaço para retornar. Eu não vejo Sílvia entrar na sala de ensaios com alguns de meus alunos. Eu vejo Taú galopando ao meu lado e, por alguns instantes, consigo amá-lo. Há algo de familiar no pulsar de suas narinas, à maneira de um corcel ofegante. Algo que me faz lembrar de uma pesquisa sobre cavalos terem boa memória, algo que vi em algum canto esquecido. Eu demoro até me dar conta de que me lembrar de pesquisas esquecidas é me lembrar de alguma coisa, qualquer coisa, qualquer resquício concreto daquilo que tinha deixado de existir dentro de mim na noite da estreia.

Quero dividir a novidade com Taú, mas Sílvia interrompe meus pensamentos para me soterrar com comentários sobre correções posturais medidas em milímetros. Finjo que escuto suas orientações e que estou preocupada com o quanto meu pescoço pode ser esguio na execução de um arabesque. Mudo de ideia sobre compartilhar insights e insisto em repetir a coreografia, de novo e de novo, mesmo com Taú me perguntando a cada cinco minutos se não estou exagerando para um primeiro ensaio depois de, bem, você sabe. Sílvia acredita que estou comprometida a fazer com que os movimentos do meu corpo não sejam passíveis de críticas e sai da sala satisfeita.

Ao final do dia sinto uma ardência nos músculos das coxas e uma satisfação imensa por me lembrar de uma irrelevância aleatória que nem sequer diz respeito a mim. Antes de voltarmos para casa, confirmo com Sílvia que quero retomar a rotina de ensaios e que podemos manter as apresentações agendadas. Achei que seria a minha irmã o mapa a me indicar o que decidi esconder de mim, agora penso que talvez apenas meu corpo seja capaz de me servir de mapa.

Quando a terra ouviu o primeiro choro de Mikaia, já ia longe a noite dos afugentados. Couberam onze dias naquela noite forjada em chumbo e pólvora sob um torrão de céu regido pelo coração do escorpião. Escureceu antes que o primeiro tiro pudesse ser ouvido em Nacala. A sombra tomou conta do distrito junto com os passos de seus pretensos defensores. Veio escondida entre os buracos de seus dentes, enfiada embaixo de suas unhas e nas rachaduras de seus calcanhares. Escapou do avermelhado dos seus olhos e se espalhou sobre as palhotas junto ao bafo mortífero dos salvadores da pátria. Quando o primeiro tiro encontrou a têmpora do desavisado, a penumbra da noite já alcançava os limites de Monapo, Mossuril e Memba.

Em tempos de miúda, Shaira aprendera com o velho narrota a ler as palavras dos ventos e não esperou o alastrar da sombra para reunir família, agregados e vizinhos e deixar a localidade na direção contrária do cheiro adocicado que se desprendia da noite advinda. Não souberam, antes de partir, qual bando salvador era o responsável por acompanhar a morte em nova noite carnicenta, nem ficariam para descobrir. A morte, essa rameira indomável, aceita todos sem distinções. Alcançaram o mato ao mesmo tempo que o fogo alcançou o macuti das primeiras palhotas e viram de longe a fogueira feita de suas casas.

Há, aliás, sempre a imagem cristalizada de uma fogueira ao se narrar a história de uma avó matriarca ancestral, quase uma convenção que diz que fogueiras pertencem de maneira obrigatória às avós e as avós pertencem às fogueiras, numa espiral infinita das raízes de uma árvore genealógica. A crepitação das chamas antepassadas se renova nas brasas que insistem em manter-se vivas no despertar das gerações. Um transmitir-se de cadeias genéticas que se perpetua em fogo e sangue até que emerja de um sistema um DNA capaz de transmutar-se da mesma maneira que a madeira aquecida se transmuta de fogo a cinza. Quase uma anomalia genética que ao romper o elo cria uma realidade adaptada a novas condições biológicas. De todo modo, independente do caminho traçado pelos genes, há sempre a mesma tora de madeira seca de onde surge a centelha inicial de uma fogueira. Em seu tempo, Shaira foi essa centelha. Daí que a voz de uma avó ganha certo cheiro de fumaça que impregna as roupas, os cabelos e o espírito das netas num toque defumado de histórias contadas ao pé de um fogo que, mesmo quando real, nunca foi palpável.

Também na beira de uma fogueira Mikaia veio ao mundo pelas mãos de uma avó que aprendeu com o corpo a arte do partejar. Como se o único caminho possível para a pequena adentrar a vida em tempos de morte fosse no esforço conjunto dos corpos que habitou. Pois que tanto Mikaia quanto Simi existiram em potência nos óvulos do feto que Shaira carregou e trouxe ao mundo, aos quatorze anos, acocorada sobre a esteira, à luz de estrelas que entravam pelo teto de sua antiga palhota. Não conheceu parteira, a avó, com os dedos e as mãos ressequidas abriu os caminhos para o nascimento da filha. Ibraimo, o marido, não tinha autorização para participar de um acontecimento tão feminino e saiu noite afora a chamar as vizinhas para a doulagem. A busca não alcançou a pressa do nascer, quando retornou acompanhado, Shaira já tinha a filha no colo.

Seu destino foi o de parir sozinha numa vila onde as mulheres cultuavam juntas os ritos da vida e do amor. Talvez fossem os primeiros ventos de sua fortuna anunciando tantos outros caminhos por serem abertos com as próprias mãos. Fosse outra noite, Shaira estaria acompanhada das achimaama que, desavisadas da chegada prematura da mwana, estavam acompanhando as jovens nos ritos de iniciação fora da vila. Teve companhia da cabra que de fora da palhota fazia eco aos urros de sua força. Ao deixar suas entranhas, a miúda rodopiou escorregadia em seu antebraço e foi puxada para o peito ainda atada ao cordão umbilical. Sugou com força depois que a mãe conseguiu encaixá-la no mamilo. Tinha gana de viver. Recebeu o nome de Iana e fez de Shaira uma avó de vinte e nove anos, ao dar à luz Simi. Aos trinta e dois, por nova urgência, Shaira realizou o segundo parto de sua parca experiência como parteira e recebeu Mikaia nas mãos em inoportuna noite de pólvora e sangue. A vida não escolhe condições para ser, ela irrompe resoluta mesmo em comarcas onde reina a morte.

No terceiro dia de esconderijo, ao pé do embondeiro, Iana sentiu as águas do nascimento de Mikaia regarem as raízes da árvore ancestral. Pequenas contrações haviam chegado junto ao fim do primeiro dia de caminhada sob a sombra. Coisa do esforço, afirmou Shaira ao apalpar o ventre da filha, mas não diminuíram o passo, nem tiveram muito tempo para descanso. A penumbra da noite advinda ainda reinava no céu do escorpião, caminhariam até que a filha do narrota dissesse que seria seguro parar. Na palhota ficaram as galinhas, os patos, os cabritos e a pequena colheita da machamba. Não restaria amendoim ou feijão-nhemba para ser colhido, tampouco haveria animais à espera caso houvesse retorno. No mato caminhavam em fila, com Ibraimo abrindo o caminho e Shaira logo atrás ditando a direção. Desviavam as estradas, as palhotas e tudo aquilo que fosse feito pela mão humana, em noites de pólvora não se pode confiar na mão humana. As crianças iam amarradas às capulanas, nas costas de quem estivesse em condições de carregar. Foi a primeira vez que Simi se viu atada às costas do pai, Sali. Iana carregava os nove meses de barriga, arrastando os pés inchados para manter o ritmo. Franzia o cenho a cada nova contração, inspirava profundo e por vezes segurava o ventre com ambas as mãos, a coluna levemente arqueada para a frente. Segurava a passada até que a dor diminuísse, expirava com força até que a rigidez da barriga se dissipasse por completo, então apertava o passo para recuperar o ritmo dos demais.

Caminhavam sem olhar para trás, seguiam no encalço da sobrevivência a todo custo. Levavam pouca água, o que conseguiram pegar na pressa, nos galões que tinham às mãos. Tinham sede, mas evitavam o caminho dos poços. Seguiam sem importar o tamanho da barriga da gestante, das pernocas dos putos, do vazio no estômago. Viver a guerra é fazer com que a vida seja maior do que a morte. Caminhavam o quanto podiam, enquanto as pernas resistiam, então caminhavam um pouco mais. Na segunda noite dormiram, ou melhor, as crianças dormiram, os homens revezaram a ronda pelo terreiro, as mulheres fingiram dormir. Simi, exausta, se enroscou nas pernas de Iana, que se sentou escorada no tronco da ntali. Shaira massageou a barriga da filha, conversando com a mwana esperada para que viesse apenas no tempo de seu nome. Ainda não sabiam que era uma menina. Não havia a necessidade de correr como eles. O tempo aqui fora é dos homens, não se apresse. Voltaram à marcha logo depois do salat fajr. Iana teve dificuldade para levantar e precisou que Sali a ajudasse. Junto do caminhar vieram novas contrações. Leves, esporádicas ainda. Iana encontrava um pouco mais de força a cada minuto que se perdia do intervalo entre as contrações. A cada nova pausa, o rosto se franzia mais, o ar adentrava os pulmões mais carregado, a coluna mais arqueada, as pernas mais pesadas. Iana seguia em silêncio, um silêncio brutal de quem entra em trabalho de parto fugindo de uma guerra.

Pararam ao fim da manhã do terceiro dia e escolheram o embondeiro como abrigo. Já mal avistavam a fumaça das palhotas, já não se ouviam os disparos, mas as sombras da noite persistiam e com elas o adocicado que começava a azedar. Entre adultos e crianças, eram quinze pessoas se fazendo família. Ao final do terceiro dia seriam dezesseis, ao retornarem seriam quatorze. O embondeiro na serventia de morada e maternidade. As contrações de Iana aumentavam no ritmo da sede e do cansaço e ao encontrarem abrigo ela já tinha dilatação. Já não tinham mais reserva de água ou comida. Sali e Ibraimo caminharam por mais duas horas até encontrarem um córrego onde pudessem encher os galões. Voltaram depressa, descuidados, agitados pela ânsia da mwana por chegar. O nascimento de Mikaia foi um evento comunitário, a necessidade tem um jeito de apagar ou inventar tradições. Sentaram-se todos em dois círculos. No centro, um fogo pequeno e Iana pronta para trazer a filha para os braços da sorte. Os homens sustentavam um círculo externo, sentados de costas para as intimidades, guardiões da vida por vir. No círculo interno, as mulheres viradas para o centro formavam uma phazira com suas capulanas e cantavam baixinho o caminho do nascer. Simi, inquieta com a chegada da irmã, não aceitou sair de perto da mãe e foi promovida a pequena doula.

O trabalho de parto foi longo e silencioso, lágrimas vertiam pelo rosto de Iana, mas nenhum grito escapava da garganta. Apenas a respiração ofegante, mais e mais e mais, e uma reza murmurada para que o amor de Deus lhe desse força para uma nova contração. Sentia como se a coluna estivesse prestes a partir, como se estivesse prestes a ser esmagada do mesmo modo que seria ao receber o tiro de uma aka. E achou que morreriam as duas, não de tiro, mas de nascer. Ou de não nascer, morreriam ela e a mwana que jamais chegaria a ver a luz do dia. Forçava o ar para dentro dos pulmões, mas o ar não vinha e o peito não enchia, como se todo o oxigênio se mantivesse preso à traqueia. E já não sabia se fazia mais força para respirar ou expulsar a filha do seu ventre. Já mal podia sustentar o peso das pernas e mesmo assim forcejava para lhe abrir o caminho.

— Não quer nascer — disse Shaira entre as pernas de Iana, tocando o topo da cabeça de Mikaia que não avançava para fora, independente da força que Iana fizesse. — Não quer ver essa noite agourenta acima das nossas cabeças. Diga lá, ensine essa mwana a nascer. Conte que vale a pena viver nessa terra.

Iana, que estava sentada, escorada no embondeiro, segurou no tronco e se colocou de cócoras. Uma das mãos na árvore, a outra procurou o que podia sentir da cabeça da filha, encontrou o toque suave de seus cabelos e conversou com a miúda como quem afaga uma mwana já nascida. Falou de Simi, que a esperava ansiosa. Amanhã é o dia que a mwana chega? Perguntava Simi a cada anoitecer e recebia paciente sempre a mesma resposta. Não tarda. Não tarda. Simi espiava abelhuda por cima do ombro da avó sem ter coragem de se aproximar. Cumpriu direitinho as funções de doula até enxergar as primeiras águas do nascer vazarem de dentro da mãe, era pequena para entender os mistérios do corpo feminino. Se esquivou para o encalço da avó, mas não deixou de acompanhar cada movimento. Balançava a cabeça em concordância aos relatos da mãe, como quem diz venha logo, e se aproximou devagarinho para tocar a barriga de Iana. Foi oominyala, disseram as tias mais tarde. Com a mãozinha esquerda no ventre da mãe, Simi flexionou as perninhas, vergou o corpinho na direção da cabecinha de Mikaia, que apontava em sinal de chegada, tensionou o pescoço, fez uma careta e chamou por sua parceira.

— Vem, nihimaaka. Não deixa eu aqui sozinha — falou a miúda, depois voltou rápido para os braços da avó.

— E como cê sabe que é uma irmã, Simi? — perguntou Shaira.

Simi deu de ombros, ela sabia e isso era tudo. Iana sentiu a chegada de uma nova contração, fez toda a força que conseguiu. Minutos depois, o que a terra ouviu foi o choro da miúda anunciando sua chegada. Mikaia nasceu no tempo de quem não quer ver a guerra, o tempo de quem evita a sombra. Primeiro foi a testa, os olhinhos fechados e o nariz. Um pouco mais de força até vir toda a cabeça, depois o ombro esquerdo, o direito e finalmente o restante do corpinho rodopiou até as mãos de Shaira no ritmo coreografado dos nascimentos. Recebeu o colo de sua jovem avó como cerimônia de iniciação aos afetos da Terra, depois foi entregue aos braços da mãe e encaixada sobre o ventre. Iana, na tentativa de acalmar a respiração, dosava o oxigênio que ainda fluía de seu corpo para o da filha enquanto o ntekhu não era cortado. Chorava, agradecia à mwana pela escolha de ficar. Shaira tirou o lenço da cabeça e ofereceu a Sali que se aproximava para conhecer a filha. Ele o tomou nas mãos e envolveu a esposa e a recém-nascida no tecido de capulana e num abraço. Simi se esgueirava por cima dos braços do pai e sorria para a irmã caçula.

Teve dança no nascimento da pequena bailarina. As mulheres cantaram em comemoração à chegada da vida, mesmo que a sobrevivência dependesse do silêncio. Dançaram o tufo ao sussurro de uma canção improvisada. Narraram a guerra que assolava a nação, não defenderam razões, não importava de que lado viria o tiro, eram sempre os mesmos os atingidos. Narraram as tonalidades das sombras que os envolviam, os passos que os levaram até o embondeiro e o cotidiano incompleto que esperavam reencontrar. Narraram a natureza teimosa trazendo vida para dentro da morte. Se as bocas falavam da terra árida, os corpos gesticulavam as ondas. Se em guerra as canções mobilizavam as tristezas da morte, na dança os corpos invocavam a sobrevivência que, em terras litorâneas, sempre emergiu do mar. As mulheres balançavam a cabeça, o tronco e os ombros da esquerda para a direita na cadência da maré quando está a vazar. Davam dois passos para a frente e voltavam para trás fazendo os movimentos de quem navega um dhow, como se estivessem ensinando à recém-nascida que a existência é feita no exercício de manter o barco em equilíbrio.

Dançavam em honra à miúda, mas, sobretudo, dançavam para si mesmas como se apenas o corpo fosse capaz de lembrar ao espírito cansado que um navegante não se faz na calmaria, o barco do narrota sabe encontrar seu porto mesmo depois da tempestade. Mikaia agarrada ao peito da mãe pouco viu do espetáculo em honra ao nome que ainda não tinha e, também, nem haveria a necessidade de ver. Não foi para os seus recém-nascidos olhos aquela dança, era seu espírito que clamava pelo ritmo dos corpos. Era seu nome que se forjava no ondular dos braços das mulheres, escorria por suas pernas até desaguar na terra arenosa e, então, vibrar no ouvido de quem ela escolheu para perceber. Mikaia foi feita para a dança na mesma medida em que era feita da dança.

— E como chama? — perguntou tia Yasana, a irmã mais velha de Shaira, ao se aproximar da família aumentada.

— Mikaia — respondeu Simi, antes que mais alguém tivesse a chance de abrir a boca. Os adultos riram da petulância da miúda. Simi não riu, nem percebeu a graça. Sustentou o olhar decidido até que os pais a levassem a sério.

— Mikaia. Vai chamar Mikaia — confirmou Sali. — Mikaia Mshango.

Foi o batismo da pequena, um batismo de fogo, ritmo e elos que se criam invisíveis entre os corpos daqueles que, em guerra, reconhecem a linguagem do afeto. Tia Yasana recitou suas bênçãos em emakhuwa e voltou a reger o tufo. Dançaram como se nunca tivessem fugido, como se o brilho do escorpião não estivesse ofuscado pela sombra dos homens, como se o retorno para suas casas fosse garantido, como se mais nenhum sangue fosse ser derramado até o fim daquela longa noite.

Por vezes, o mato cobrava caro por sua hospitalidade e tinha no sangue a moeda preferida. Iana pagou sua conta com vida nova. O sangue e a placenta enterrados ao pé do embondeiro garantiram a segurança dos seus. No oitavo dia, a malária colheu o velho Manito. Inconformado por ter deixado a machamba para aquele bando de gajos sem pai nem mãe, o agregado estava a chamar a morte. Não veria seu feijão-nhemba nas bocas emporcalhadas dos bastardos da independência. Tinha lutado pela libertação, tinha comemorado a chegada dos novos tempos, acreditava no advento de um homem novo, de uma terra nova, de uma vida nova. Não seria ele a alimentar essa guerra imunda e sem motivo de ser, depois de deixar a própria casa para trás porque estava velho demais, coxo demais, cego demais para enfrentar uma nova luta. Preferia ter morrido com a catana à mão, a abrir as tripas dos gajos que queimavam sua vila. Preferia ter morrido derramando sangue inimigo junto do seu, mas já não sabia encontrar adversário no rosto dos homens, tampouco percebia os recém-cunhados sentidos para a palavra inimigo. Palavras e significados se perdiam nesse tempo ingrato em que o mal podia vir de qualquer lugar. Aceitou a fuga mais por íntimo desejo de se sentir útil, protetor de afugentados, do que em consideração aos cuidados da filha do narrota.

Não voltaria para Nacala para ser obrigado a sentir o gosto da impotência na fome que viria junto da falta do feijão-nhemba. Preferiu a malária, o velho Manito, pagou com seu fim o preço da fuga. Não teve enterro, afugentados não enterram seus mortos.

As orações feitas, viraram as costas para o corpo frio do velho Manito. Deixaram-no coberto com uma capulana e aos cuidados do embondeiro na esperança de conceder-lhe seu bocado de dignidade. Os abutres não tardariam o início do festim, em terras onde homens são mortos por outros homens são eles os senhorios da abundância. São os comedores de carniça os que colhem os frutos das guerras, os que têm mesa farta, os que são desprovidos de remordimentos, buracos no espírito, ou antecedentes familiares. Partiram, mais uma vez, a evitar carniceiros de qualquer espécie.

Ao retornarem, encontraram as palhotas invadidas, pilhadas, destelhadas, o sinal das labaredas no matope, as marcas de tiro nas paredes da mesquita, parte do distrito em ruínas. Não encontraram amendoim, feijão-nhemba ou oloko. Não encontraram sacas de arroz guardadas, não havia resto de semente em machamba nenhuma. Não se via pé de miúdo levantando poeira a correr entre as palhotas. Não se viam as mulheres vendendo carvão nas varandas. Não havia movimento. Os moradores estavam lá, os que haviam fugido, ou se escondido, ou foram poupados para contar aos demais os recados da Nação. Eles estavam lá, mas não se via vivalma a andar pelo bairro. Apenas o cheiro da carnificina à frente do comitê de boas-vindas.

Ibraimo foi o primeiro a entrar na palhota onde morava com mulher, filha, genro e netas, e de lá nunca saiu. Ao descobrirem que na comunidade morava a filha de um narrota, o homem a comandar as sombras ordenou que minassem a palhota se acaso a feiticeira resolvesse voltar. O tempo do progresso não tem espaço para tradicionalismos supersticiosos, que aquilo servisse de exemplo aos que quisessem viver sob o signo da nova nação moçambicana. Ninguém ali sabia o que era a nação moçambicana, nem mesmo um comandante de baixa patente adestrado na reincidência dos discursos. Novas escolas estavam prestes a chegar para ensiná-los a serem novos homens, que esquecessem as bobagens dos velhos que passaram a vida no mar e deixaram o tino por lá. De toda a fantochada encenada pelo comandante, o motivo real da represália não foi dito, os macuas do litoral levavam em conta as palavras de um narrota. A única filha de um narrota era uma espécie de legado do Índico, mulher nenhuma ocuparia posto de tamanha ameaça, mas foi Ibraimo quem perdeu a vida no lugar de Shaira. E uma jovem avó se fez adversária de toda uma nação ameaçadora da qual ela não entendia o significado, mas já ostentava as marcas deixadas por seu xibalo. Uma Nação que as fez partir procurando por uma guerrilha, não era esse o sonho da independência, não era esse o país que lhe haviam prometido. Partiu buscando a luta, encontrou uma aldeia comunal e já não pôde mais voltar. Não voltou até que as netas já tivessem idade suficiente para lhe chamar apiipi, para brincarem de banana com as outras anamuane, para ajudarem no cultivo da machamba. Não voltou até que as miúdas já tivessem aprendido a cozinhar a xima, até que o tempo dos ritos de Simi já estivesse se achegando. Não voltou até que fosse possível fugir. Numa longa noite de pólvora e sangue, sob um céu regido pelo coração do escorpião, Mikaia ganhou a vida, a dança, a irmã e o início do vazio que a rasgaria por dentro quando fosse adulta.

corro em meio à fumaça, não vejo nada além de um mar cinza, não encontro obstáculo pelo caminho, não tropeço em nada, só o ar cinzento cada vez mais denso e os pés se afundando na areia e depois os tornozelos e as panturrilhas, forço as pernas para me mover não saio do lugar engasgo sufoco estou prestes a vomitar. estou no alto do nlapa, as raízes em fogo, tudo ao meu redor está pegando fogo. nomes desconhecidos se desprendem das labaredas e sobem pelo tronco, amuzi, mooro, nnepha, ekhotto, wuunuwa. tapo a boca e o nariz com as mãos para não engolir os nomes assombrados piso em falso um galho quebra caio no colo de uma mulher puxo ar para chamá-la mãe mas não conheço a palavra. perdi o tempo em que palavras e sentimentos se misturavam em familiaridade. puxo o ar com força quero encher os pulmões com aqueles nomes que evitei. não há mais fumaça. não há mais nomes. não há mais mulher. não há mais nada. quero voltar. quero buscar os nomes que deixei

A cada dia acordo com o espaço vago de uma nova ausência, o contorno do vazio se acentua no entendimento da especificidade da falta. Não são lembranças acrescidas à minha memória, mas novos espaços a serem preenchidos. Novas perguntas que chegam antes do fim de sonhos confusos. Novos personagens cujo rosto eu quase consigo alcançar, cujo cheiro eu quase consigo sentir, cuja voz me parece quase audível. A grandeza de pertencimentos que eu quase alcanço aumenta na mesma medida da minha vontade de excluir a palavra quase dos dicionários.

Penso que um dia, além de país, eu já tive pai e mãe, mesmo que eu sinta como se nunca tivesse chamado por tais nomes. Tudo que ouvi de minha avó foi que eles ficaram em Moçambique e essa foi toda a informação de que eu precisava, agora já não é mais o suficiente. Penso em minha mãe antes de me levantar e procuro algo de seu sorriso na minha boca. Minha mãe é a guardiã de minha infância inteira e de tudo aquilo que se anunciou em meu caminho. Quero lhe perguntar se fui uma criança esquecida, se houve qualquer sinal em minhas brincadeiras de que eu saltaria de uma amnésia a outra até um dia já não ter mais nada, nem ninguém para lembrar porque até Simi se cansou de ser sempre deslembrada. Quero saber se minha mãe me reconheceria se cruzássemos por uma rua qualquer e, caso me reconhecesse, se encontraria a si mesma em meus traços ou trejeitos ou se diria que tenho os olhos de meu pai, se me perguntaria por que demorei tanto para chegar, ou por que eu nunca chamei pelo seu nome. Dizer pai e mãe enche minha boca de um gosto amargado e dizer Simi me azeda porque não encontrei nela a finitude da falta.

Levanto. Anoto outro sonho esquisito antes de sair do quarto. Taú segue dormindo no sofá, eu já parei de apreciar sua gentileza e seu excesso de cuidados. Não nos falamos mais do que a educação espera quando o encontro na sala tomando café da manhã. Saio na rua num jejum de pão e manteiga, mas não de expectativas. Procuro restos de uma família em sinais de trânsito e corpos desconhecidos. Uma senhora sorri ao passar por mim e faço dela uma tia distante trazendo notícias dos parentes. Ela pergunta como vai a saúde de minha avó e manda lembranças a Simi antes de se perder no mar de paralelepípedos. Encontro meu avô num senhor jogando xadrez sozinho numa pracinha a três quadras da minha casa, e primas no caminho para a escola vestindo seus uniformes e mochilas azuis. Por alguma razão controversa, saber que em algum lugar do outro lado do oceano tenho tios, primos e primas vivendo suas vidas sem jamais terem recebido notícias minhas diminui essa sensação de estar sozinha no mundo.

Deixo o vazio guiar meu trajeto. Fantasmas cheirando a suruma me atravessam quando cruzo com uns caras sentados na mureta da casa abandonada na avenida que leva ao hospital. Eles cobiçam minha bunda, meus peitos, me chamam de pretinha gostosa, fazem gestos por cima de suas calças jeans excessivamente largas. Eu sinto o soco gelado na boca do estômago, não olho para trás, não revido as ofensas, quero apressar o passo, mas não consigo. Rezo para que nenhum deles venha atrás de mim. Viro à esquerda na primeira esquina que encontro e depois à direita e à esquerda de novo e só paro depois de perder a noção do que esquerda e direita são. Minhas mãos tremem um pouco e me seguro nas grades de um condomínio para recuperar o fôlego. Ninguém aparece. Reconheço a fachada do prédio revestida com ladrilhos verde-água.

Não penso muito, apenas caminho até a portaria e aperto o interfone do apartamento 302. Minha irmã atende quando estou prestes a ir embora. É a voz de quem não espera por visitas. Quero dizer a ela que sou eu, que estou com medo de uns caras idiotas, que quero subir e conversar sobre superficialidades até que o aperto no peito passe. Oi? Quem é? Quero sentir essa coisa do vínculo fraterno, quero um abraço, quero que ela me leve para casa. Alô? Quero conversar sobre o passado, fazer perguntas sobre nossa mãe e quem sabe ver em seu rosto os traços de meu pai.

Quero.

O interfone volta a ficar mudo. Volto para casa com o olhar preso nos sapatos e o pensamento numa mãe que não alcanço.

Fosse a primeira vez Simi não estaria agarrada à privada, não enfiaria o dedo na goela e não botaria para fora sua frustração fermentada. Fosse a primeira vez Simi teria mudado de ideia, teria contado a Mikaia que fugiram, sim, que o pai estava morto, sim, e a mãe também e o avô também e as tias e os primos e os vizinhos e qualquer um que Mikaia lembrasse o nome para perguntar, porque elas se mandaram para a merda de um país do outro lado do oceano e não voltariam para casa nunca jamais então não importava Nacala e não importava Moçambique e não importava ninguém do passado porque estavam todos mortos à beira do Índico. Mesmo que ainda tivessem vida e mesmo que sentisse saudades da casa amarela e dos pais e sentisse saudades da irmã por quem tanto pediu e tanto esperou e que nunca deveria tê-la deixado sozinha porque foi isso que Mikaia fez quando decidiu esquecer. E foi isso que a avó fez quando escolheu a guerra no lugar das netas e acreditou que a paz se fazia no tiro e no aço e no sangue escorrendo pelo matope das palhotas e no buraco que Shaira deixou no crescimento das meninas porque estava na serra da Gorongosa inventando uma paz feita de guerra quando deveria estar ensinando Simi a raspar o mussiro, a fazer suas orações virada para Meca, a cozer o caril, a descascar manga verde, a raspar o coco, a acender o fogo com carvão, ou qualquer outra coisa que as avós ensinam para suas netas. E talvez se Shaira não as tivesse deixado nada teria acontecido e os homens não teriam invadido a casa amarela e nenhum sangue teria sido derramado e ela não teria nada para esconder e talvez Moçambique ainda fosse seu lar. Era isso, às vezes ela queria que Moçambique ainda fosse seu lar e se assim o fosse talvez ela estivesse vivendo em Nampula dando aulas na universidade ou talvez tivesse um marido e filhos porque não teria medo de ter um marido e filhos e uma família construída por si e não teria medo dos homens ou de que todos fossem partir a qualquer momento e talvez fizesse suas cinco orações diárias e acordasse como a avó às quatro e meia da manhã para fazer o salat fajr e veria todos os dias o sol nascer e seria um lindo espetáculo porque sentia falta de como o sol irradiava sobre as terras moçambicanas. Simi esvaziava as tripas na tentativa de esvaziar o peito e a cabeça como se fosse possível golfar uma culpa que tinha o tamanho de dois países, o que não era possível e ela sabia que não era possível, mas era definitivamente mais fácil regurgitar o nada que tinha no estômago do que falar tudo o que sentia para a avó e para a irmã caçula ou para ela mesma. Era mais fácil inventar uma vida inteira para a irmã do que assumir para a avó por que ela nunca a chamou de apiipi e nunca clamou por seus abraços e nunca lhe perguntou o que ela estava fazendo no meio de bandidos armados que só sabiam destruir ou por que ela voltou justo quando Simi achava que já não sentia sua falta e teve que se reacostumar com a presença da avó e a avó era diferente do que ela lembrava. Era diferente no corpo, era diferente no toque, era diferente no olhar, era diferente no jeito como se a avó nunca tivesse de fato voltado da Gorongosa ou de qualquer outro lugar em que estivesse porque o que voltou foi a couraça de uma avó que nunca contou onde estava de verdade e o que fez naquele tempo todo ou os motivos por ter partido ou como tinha voltado. Apareceu um dia na porta de casa e era isso, fim de história, estava de volta sem dizer nada. Aliás, a avó não dizia mais nada de nada, guardava todas as palavras que ainda tinha para discutir com Sali sobre seu novo trabalho nos grupos dinamizadores e discutir com o genro sobre seu trabalho ou sobre os caminhos da governação parecia maior e mais importante do que guardar palavras para as netas. E Simi não entendia nada sobre o novo trabalho do pai, sobre a luta da avó, sobre os caminhos da aka, não entendia na época e não fazia a mínima questão de entender agora que era adulta e vivia do outro lado do mundo, porque conflito nenhum nunca lhe foi importante o suficiente para consumir a fala de uma avó até que não sobrasse nada para ser dito no cotidiano familiar. Nem palavras, nem abraço ou qualquer outro tipo de afeto só o mesmo olhar esquisito que agora Simi também reconhecia em Mikaia e um silêncio custoso rompido apenas depois que os homens invadiram a casa amarela e elas tiveram que fugir e Shaira virou toda casa que as meninas sempre conheceram. Se permitir contar para Mikaia tudo o que aconteceu em Moçambique seria também contar para Shaira o quanto doía e o quanto a avó fez falta e o quanto ela queria lhe chamar apiipi, mas não podia. Não podia porque desaprendeu as palavras de sua língua materna e junto das palavras desaprendeu seus significados ancestrais e seu lugar num mundo que insistia em lhe impor lugares que ela não percebia e não reconhecia, um mundo que batia sempre na mesma tecla miserável mas mal sabia da existência de sua língua materna, de seus lugares de origem, das pequenas alegrias em maçanica que ela abandonara no Índico. Não podia porque lhe chamar apiipi era admitir que ela lembrava de tudo o que aconteceu na casa amarela e depois da casa amarela e com isso romperia com o acordo que fizeram quando Mikaia esqueceu pela primeira vez de que nunca, nunca mais falariam sobre o passado. E aos poucos a avó foi recuperando as palavras e recuperando os trejeitos de avó e seu olhar era mais presente e seu corpo menos arredio e um dia Simi ganhou um abraço e já quase não lembrava mais o que aquilo era e quis ficar ali para sempre e se desmanchar naquele aconchego e chorar toda a falta que escondia, mas não chorou. Não chorou do mesmo jeito que não chamaria Shaira de apiipi, nem diria nihimaaka à sua irmã, tampouco admitiria as memórias de Nacala. Transformava choro em vômito e forçava sua fragilidade garganta afora como se pudesse descartá-la com um simples puxão de descarga. E então estava pronta para novos silêncios e novas mentiras e novos olhares desviados. Estava pronta para manter a integridade da família que inventou para si, uma família em que as crianças nunca chamavam por seus pais porque tinham nascido da terra e por isso era normal que fossem criadas por uma avó mágica que as apanhou junto ao fruto de um embondeiro. Uma família em que as crianças nunca evitavam festas de aniversário de outras crianças por motivos que não diziam, porque não queriam dizer e não precisavam dizer. Uma família com um único sotaque, de uma única terra e uma única língua. Uma família que nunca soou esquisita, incompleta, desfalcada ou desterrada. Simi inventou uma família para si tantas e tantas vezes que já lhe era difícil identificar a fantasia. E não era apenas para despistar as perguntas de Mikaia, inventou para as amigas que uma cabra havia comido as histórias de família e era por isso que nunca falava nada sobre seus pais e não havia feitiço que revertesse a perda. E todas as vezes que as colegas insistiam em perguntas incomodativas ela falava de gênios e feitiços e espíritos desconhecidos e toda a sorte de misticismos que conseguia inventar ou que achava plausível inventar para colegas de escola que mal sabiam localizar Moçambique no mapa e que então acreditavam ou fingiam acreditar porque depois de um tempo pararam de perguntar. E Simi foi crescendo e ao virar adulta as histórias mirabolantes foram dando lugar ao silêncio e ao mau humor e à fama de ter uma personalidade forte, de não ter muitos amigos ou ser uma mulher difícil. Mas se havia algo em comum em todas as histórias e todas as versões de como chegaram ao Brasil e todas as configurações de família que Simi inventou para quem quer que fosse era o fato de que eram apenas duas netas e uma avó contra o mundo. E essa era a única certeza que Simi sempre teve até Mikaia esquecer pela segunda vez e ela precisar enfiar o dedo no fundo da garganta porque já não sabia mais como esconder um passado que já a rondava, acusativo. E achou que seria uma boa ideia e talvez a única solução se livrar de qualquer lembrança clandestina que mantivesse soterrada numa caixa de sapato embaixo de sua cama. Porque houve um tempo em que não quis esquecer Moçambique e não quis esquecer que teve pai, mãe e avô e tios e amigos e que foi feliz em Nacala e que comia maçanica embaixo do pé e a felicidade tinha gosto daquela frutinha tão pequenina e os sons da brincadeira de banana e tudo era tão mais fácil enquanto viveu na casa amarela. Houve um tempo em que acreditou que talvez ela ainda tivesse mãe, porque talvez a mãe ainda estivesse viva e talvez se conseguisse falar com as pessoas certas ela conseguiria descobrir, mas nunca descobriu e nunca descobriria, pois as cartas retornavam sem nunca terem chegado a seus destinatários. Mesmo assim guardou as cartas e os diários que escreveu contando tudo o que lembrava e tudo o que queria esquecer e pretendia queimar tudo, mas não queimou. Guardou numa caixa embaixo da cama a lembrança constante de que não adiantava mexer no passado porque nada de bom poderia vir dali e nada de bom nunca viria dali e era inútil cultivar esperanças que se transformariam em frustrações fermentadas sendo expelidas pela garganta. Levou o tesouro agourento até a churrasqueira e depositou num riscar de fósforo toda a coragem de que precisava para conversar com a irmã e a avó e não tinha, assistiu o que lhe sobrava de esperança se extinguir junto da última folha de papel que se contorcia em alaranjado e depois azul e depois cinza. Teria corrido mais uma vez para o banheiro e enfiado mais uma vez o dedo na garganta se ainda tivesse algo em si para ser expelido, ficou parada em frente à churrasqueira contemplando as lembranças carbonizadas onde ainda era possível enxergar as marcas do que antes fora tinta sobre o papel e ainda era possível ler a última frase do que antes fora uma carta para sua mãe. Ainda vou te encontrar.

Eu me agarro à dança porque o ballet é a única certeza que tenho e é o único lugar onde eu posso ser eu mesma. Ou onde posso não me preocupar com nada e não pensar em nada e ter a sensação mentirosa de que sou eu mesma, já que não sei bem o que ser eu mesma significa. Danço porque a coreografia mora no meu corpo. Porque a música não me pede passaporte, não me pergunta por minha nacionalidade, não me trata como quem pisa em ovos para não ativar um gatilho escondido que me faça esquecer de tudo para sempre. Danço porque tudo o que preciso é me entregar para o som do piano, para meu corpo e meus movimentos. Danço porque não consigo dizer a Taú o que aconteceu na rua mais cedo, e não consigo ligar para minha irmã e dizer que fui eu que toquei o interfone e que quero conversar, quero ouvir sua voz e estudar os traços do seu rosto e segurar sua mão.

Vou para a Esperanza antes do horário do ensaio, antes que Taú tenha concluído seus compromissos e possa me acompanhar, antes que Sílvia chegue com seus apontamentos e os alunos com as dúvidas que eu costumava responder antes de esquecer. Quero ficar sozinha, dançar sozinha em frente ao espelho sem me preocupar com o agudo dos meus cotovelos, com a altura ideal do meu queixo, sem tensionar o músculo da coxa para manter o quadril preso à mesma linha invisível dos meus ombros. Ser a onda quebrando onde se espera calmaria, ser erro onde apenas o acerto é permitido. Dançar sem o rigor dos profissionais, viver meu corpo em plenitude no movimento. Ser mais ritmo do que gesto, mais presença do que resultado. Quero sentir a dança entrar, me invadir até que todo vazio perca sua importância, até que todo medo se torne suor.

Sou apenas existência enquanto deslizo pelo tablado da sala de ensaios à maneira dos cavalos indomados. Sou apenas músculos e sangue pulsando até que Taú entra na sala cantarolando baixinho, e sua presença entope todo o espaço com a falta e o vazio. Ele sorri para mim, ele está sempre sorrindo para mim. Refaço os alongamentos para lhe fazer companhia e em alguns minutos voltamos ao pas de deux da temporada. Estou desatenta, incomodada com sua presença, sua proximidade. Por longos minutos não conseguimos ultrapassar os primeiros passos. Estou rígida, fora do ritmo. Mas você estava tão concentrada quando cheguei. Me desculpo pela décima vez e recomeçamos. O peso do corpo sobre a perna direita, o giro de pescoço, a ondulação para a esquerda e novamente o peso sobre a perna direita. Os passos, a aproximação, minha mão sobre seu braço esquerdo, ele sustenta o peso do meu corpo, eu giro mais uma vez, estendo a perna, retraio, e giro ainda mais uma vez e preciso abrir o peito e me entregar a Taú. Não consigo. Ele encaixa ambas as mãos sob minhas axilas e espera pela minha confiança, mas a única coisa na qual consigo me concentrar é na proximidade do seu toque com meu seio. Olho para Taú e não vejo um rosto conhecido, vejo um rosto escroto que mais cedo me exibia a língua enquanto lambia partes imaginárias do meu corpo. Tento prestar atenção no piano, mas o que ouço são os grunhidos de uma criança a ser manuseada por mãos adultas. Me retraio fugindo da cena e ao retesar meu corpo afasto as mãos de Taú, me desequilibro e caio.

Ele me olha com a testa enrugada e os olhos assustados. Ele costuma sempre sorrir para mim. Ele me estende a mão e se aproxima para me ajudar a levantar, mas o movimento faz com que eu me retraia ainda mais. Taú jamais me machucaria, mas não é Taú quem eu estou vendo. Eu seguro a cabeça entre as mãos e balanço o corpo na tentativa de me livrar da bagunça de imagens e do cheiro de suor que se desprende do meu próprio corpo, mas que me faz lembrar do cheiro de sêmen e de corpos descontrolados invadindo corpos infantis.

Taú se agacha na minha frente e chama pelo meu nome até que eu seja capaz de ouvir. Não o barulho da mesma palavra sendo repetida infinitas vezes, mas o entendimento de que é o meu nome na boca do meu namorado. Eu paro de balançar o corpo, levanto a cabeça, abro os olhos e encontro seu rosto acolhedor. Ele não está sorrindo para mim. Ele está assustado, mas tenta me passar calma com o olhar. Ele faz um movimento qualquer e peço para que não me toque.

— Não vou te tocar. Só me diz o que tá acontecendo.

— Eu não sei.

— Não dá pra gente continuar fingindo que tá tudo bem — é o que Taú me diz assim que entramos em casa, e eu sei que é verdade.

— Eu acho que tô lembrando de umas coisas, mas é tudo tão confuso.

— E lembrar te deixa com medo de mim?

— Não. Sim. Quer dizer...

— Como assim?

— Não foi com você. Eu não tava com medo de você.

— Então o que foi que aconteceu? O que foi que você lembrou?

Eu conto dos caras me assediando na rua, conto que tenho tido sonhos com Moçambique e que à noite enquanto durmo falo palavras cujo significado não conheço. Conto que procuro o rosto dos meus pais em cada pessoa que cruza meu caminho, que às vezes fico horas na frente do espelho examinando as linhas do meu próprio rosto na esperança de encontrar qualquer coisa que me fale do meu passado.

— Meu bem, é horrível esses imbecis mexendo com você, mas o jeito que cê tava me olhando...

— Cê não viu a cara deles, o jeito deles. Você não sabe.

— Não é isso. É que... Era como se... cê tava com muito medo.

— Ser mulher é ter medo, Taú.

— Eu não tô diminuindo, meu amor. Eu tô tentando entender.

— Eu não acho que foi só os caras. Tem mais coisa que não querem me contar.

— Como assim?

— Eu não sei, é uma sensação. A gente fugiu de Moçambique, mas por quê?

— O país tava em guerra, ué.

— Tá. E por que não fugiu todo mundo? O que foi que aconteceu? E por que eu não me lembro? E ninguém me fala nada? O que tem de tão horrível no passado que ninguém me fala nada?

— Não sei, você nunca me contou. Talvez seja bom perguntar pra sua avó.

— Eu não sei o que perguntar, pelo menos antes eu não sabia. E também minha avó já me disse: meus pais morreram, ela tinha uns conhecidos que arrumaram pra gente fugir e a gente fugiu.

— E sua irmã?

— Ela não quer me contar.

— Como você sabe?

— Eu só sei.

Eu não conto que meu andar sem destino me levou até a portaria do apartamento de Simi, não conto que toquei o interfone em busca de socorro e não consegui dizer nada. Não conto que estou com raiva, que não quero conversar com minha irmã tanto quanto quero e anseio por ouvir sua voz mais uma vez e olhar no seu olho e lhe dizer que estou aqui e que preciso que ela esteja também.

Ficamos um tempo sem falar nada e é a primeira vez que o silêncio entre nós não me incomoda.

— Você se lembrou de mim? — ele me pergunta meio arredio.

— Às vezes eu acho que sim, um pouco.

Dá para ver que Taú fica feliz com a resposta. Ele abre aquele sorriso onipresente e eu acho que ele vai se aproximar e me dar um abraço apertado e, quem sabe, um beijo que me faça lembrar o que é estar apaixonada, mas ele só fica com o sorriso congelado e tamborila a ponta dos dedos no braço do sofá onde está sentado. Eu gosto do seu jeito sutil de demonstrar felicidade.

— Você pode parar de dormir no sofá, por favor?

Pernas verdes acompanham Simi quando ela entra em nosso quarto. Tem um par de pernas verdes na frente da porta, outro perto da janela e mais outro bem na direção dos meus olhos, tem pernas verdes por todos os lados, é uma infestação. Não gosto do jeito que pisam no meu quarto, não gosto do jeito que deixam manchas vermelhas na esteira nova que apiipi fez, não gosto dos seus cheiros, não gosto de como se movem e gosto menos ainda do som que fazem. O som, não gosto do som, não gosto do som das pernas e odeio o som de Simi no meio do som das pernas. O meu estômago arde e faço esforço para não fazer nenhum barulho com o vômito. Me embolo um pouco mais e me encosto um pouco mais na parede, enfio a cabeça entre os joelhos, as únicas pernas que vejo agora são as minhas próprias pernas, mas o som continua entrando nos meus ouvidos e entrando e entrando um pouco mais até que ficam presos para sempre nas voltas de um labirinto.

No dia 16 de setembro de 1984, nos calendários gregorianos de todas as nações, em aceitação às medidas temporais de um papa, exatos sete anos, seis meses e dois dias após o nascimento de Mikaia, a aldeia comunal de Maueta, na zona de Burtalo, distrito de Nacala-a-Velha, foi atacada por um grupo de quinze homens armados. Shaira jamais se esqueceria da precisa data, não que a época se fiasse na cronologia de calendários inventados, mas foi esse o dia e ele seria lembrado como o dia em que Shaira escapou das machambas comunais. Ou seja, um tanto escapou, um tanto foi escapada porque quinze homens explodiram a palhota principal com o comandante dentro, deram cabo do comissário do partido com um tiro na cabeça e outros tiros espalhados por diversas partes do chefe de segurança e de sua dezena de policiais, bem como em todos os gatos pretos que encontraram pelo caminho. Mas não em Shaira e não em Antonio Pracinha, nem em grande parte dos reclusos. Se bem que em alguns sim, já que não se tem como evitar baixas, no máximo reduzi-las. Explodiu-se tudo, as palhotas, as camaratas, o mastro das bandeiras, as sanitas. E quem ficou no caminho explodiu junto.

Shaira não explodiu e seguiu esses homens mato adentro depois de ter vivido os últimos cinco anos reclusa naquele lugar que ora chamavam de campo de reeducação, ora de aldeia, ora de machamba comunal, mas que era, a despeito da nomenclatura, um verdadeiro inferno. Era bem verdade que, depois da morte de Ibraimo, Shaira andava a procurar a revolução e quem estivesse disposto a contrariar as atitudes da Nação. Mas suas buscas não passavam de coscuvilhices entre vizinhas e enfadonhos reclames no recanto de seu lar que, após destruída a antiga palhota, se tratava da palhota de Yasana, onde todos se espremiam todas as noites. E, por isso, Shaira já poderia ser considerada uma traidora do Estado Independente de Moçambique e parar, de qualquer maneira, em um campo de reeducação. Isso se os ouvidos da palhota de Yasana se alongassem até os secretários dos grupos dinamizadores, mas Shaira era uma mulher de sorte e isso não aconteceu.

A detenção da jovem avó se deu em guarda montada na estrada de acesso ao Covo. Os guardas exigiram-lhe as guias de marcha, não as tinha. A palhota não se distanciava muito do caminho principal, estava indo à machamba, não saindo do distrito. Pediram-lhe a certidão de casamento, tampouco a tinha, até porque nem marido mais tinha. A machamba exige duas mãos para o trabalho, não papéis carimbados. Não teve discussão, ou argumento, tomaram-na como prostituta, meteram-na num camião e de lá direto para Maueta. Tinha sorte, disseram-lhe muitas vezes nesses últimos cinco anos, as prostitutas são mandadas para longe de suas localidades, há um campo só para elas em Tete, dizem, e os rumores eram de que lá o regime era bem mais rigoroso. Shaira tinha sorte pelos camiões não estarem em condições de atravessar as províncias e, assim, ela foi ficando em Maueta e depois de um tempo já haviam se esquecido de sua condição de temporária. Estava em casa, tinha sorte.

Shaira nunca se achou entendedora da sorte, mas a teve. Se chegou ao campo de reeducação sem conhecer o significado de palavras como nação, lá aprendeu suas significâncias e decidiu que desgostava ainda mais da palavra agora que a entendia, ou julgava entendê-la. No campo descobriu o projeto que a Nação havia traçado para si e ele passava por acordar às cinco da manhã, hastear sua bandeira, proferir seus hinos, comer um pouco de papa, trabalhar nas machambas até o sol rachar-lhe o couro cabeludo, comer peixe seco, limpar as latrinas, remendar os trajes dos guardas, excluir o não de seu vocabulário, chamar a todos camaradas, comer mais um pouco de papa e aprender a ser um homem novo. Porque ao que tudo indicava a mulher nova da nova Moçambique deveria ser um homem também. Passou cinco anos aprendendo a fazer-se homem em tempos de novos homens que lhe pareciam muito com velhos homens trajando novos velhos discursos. A Nação não fazia sentido algum.

E, apesar do conhecimento da região, nunca tentou fugir, ouvia a história e o quinhão daqueles que se arriscavam mato adentro e ela não estava disposta a ser atravessada pelo xibalo, ou fuzilada no centro do rassemblement, caso fosse capturada numa fuga. Já havia punições em demasia, a depender do humor dos guardas, para serem desviadas apenas no exercício de sobreviver ao dia a dia. Permanecia em Maueta pensando em quando a sorte que tanto lhe atribuíam apareceria para tirá-la dali.

A primeira rajada que sentiu foi a chegada de Antonio Pracinha, um ex-combatente da independência e atual inimigo da Nação. Não era muito claro em qual curva do destino Antonio Pracinha passou de sujeito de patentes a um improdutivo degenerado, verdadeira ameaça aos códigos de conduta não exatamente da Nação, mas do secretário do bairro com quem bateu boca por causa de uns putos e umas galinhas um dia antes de ser levado para o campo. E depois, sim, da Nação mesmo, quando esse mesmo secretário descobriu que Pracinha tinha sido combatente. Mas independente do motivo real que o levou às machambas comunais, porque motivos era o que não faltava à admissão de novatos, o fato é que Antonio Pracinha sabia como lidar com os guardas e conseguir um punhado a mais de peixe seco no almoço, ou algum arrego nas escalas de trabalho. O que pode ser dito é que Pracinha não fez sua fama por honestidade, o que ali não era problema e, sim, solução.

Nos dois anos decorridos entre a chegada de Pracinha e o ataque libertário, fizeram ele e Shaira uma amizade que jamais existiria não fosse a presente condição de existência em que se encontravam. Eram úteis um ao outro e esse era o pilar fundamental da referida amizade. Enquanto Pracinha subornava os guardas, Shaira indicava quais eram os sujeitos mais propícios ao suborno. Pracinha conseguia uma porção extra de milho para uma refeição, Shaira o moía e se encarregava de fazer a papa. Trabalhavam bem em dupla. Shaira era de poucas palavras, Pracinha jogava toda sua lábia aos ouvidos dispostos. Ela observava, ele agia. Ele lhe contava das coisas que vinham acontecendo na Nação desde que ela fora detida e ela lhe ensinava os macetes de viver em reclusão.

Pracinha já era fluente na linguagem dos homens novos, era camarada para lá, camarada para cá, bom dia, senhor camarada, boa noite, camarada comandante, como vai a saúde. Nisso não precisou da ajuda de Shaira que, por sinal, demorou para se apropriar da terminologia porque pouco se via de camaradagem entre os camaradas. Antonio Pracinha tinha paleio o suficiente para colocar a farda dos gatos pretos, vigiar os outros reeducandos, incluindo Shaira, obter novas regalias e carregar um pouco mais de camaradagem entre as pernas, mas era antigo combatente e por isso tinha sempre olhos no cangote. No fim das contas, foi outra sorte porque se Pracinha estivesse vestindo a farda preta na noite de 16 de setembro de 1984, teria desaparecido junto com todos os outros gatos de Maueta. E não teria escapado das machambas junto com Shaira, com os homens armados e os remanescentes do ataque. E, por conseguinte, não teria desempenhado um importante papel para que uma jovem avó conseguisse reencontrar suas duas netinhas que não souberam de seu paradeiro, nem nos cinco anos em que esteve sumida sem que tivesse deixado nenhum vestígio, nem nos anos que se seguiram, porque Shaira nunca desmentiu os rumores de que ela tinha se embrenhado no mato, se dirigido à Gorongosa e assumido a guerrilha. Nem haveria motivo para desmentir os boatos, já que preferia uma versão dos acontecimentos onde ela era uma heroína para todos aqueles que secretamente se desgostavam dos condutos na Nação.

Adentraram o mato deixando fogo e morte às suas costas e levando uma vertigem de alívio e liberdade que lhes subia pelo esôfago. O que se transformou logo em seguida em angústia porque os salvadores davam tanta informação quanto os guardas do campo, e em sua experiência a falta de informações não era um bom sinal. Assim, junto com os barulhos do mato, os insetos, o estalar de galhos se partindo e a escuridão veio a dúvida se aquilo se tratava mesmo de um resgate. Andavam numa bicha formada em trios, parte dos homens liderando o grupo, parte os seguindo e outra parte guarnecendo as laterais. Shaira se sentia como gado sendo levado para um destino incerto. Caminharam em silêncio por umas duas horas, até que as primeiras vozes pudessem ser ouvidas. Eram perguntas da ordem de aonde estamos indo e quem são vocês. O silêncio dos homens guiando o grupo primeiro os inibiu, depois os encorajou. Não eram muitos, os sobreviventes, um bando de umas quarenta pessoas, poucas mulheres. Os rumores eram de que os campos não deveriam ser mistos, mas

Maueta aceitou sua cota de mulheres. Na correria do escape, Shaira não conseguiu identificar direito quem eram os resgatados. Além de Antonio Pracinha, que estava consigo na hora da fuga e agora caminhava do seu lado, viu mais uns quatro ou cinco que identificou no meio da bicha. Quando pela quinta vez ouviram a pergunta para onde estavam indo, o líder do grupo estacou, meteu a arma embaixo do queixo do primeiro sujeito que conseguiu agarrar pela camisola e gritou para que todos ouvissem que estavam indo para onde ele mandasse ir. Fim das perguntas.

Só pararam lá pelo meio da madrugada. Sob as ordens do líder, um sujeito que se igualava ao comandante em simpatia e gentileza, se embolaram uns nos outros e ficaram de cabeça baixa. Esperavam a chacina, mas ninguém atirava e ninguém morria mesmo com o passar dos minutos. Estranharam. Aquele estranhamento desconfiado que era a cabeça relutando em se sentir aliviada porque o alívio nunca foi eficaz. Mas ninguém atirou em ninguém naquela noite, foram avisados de que aquilo se tratava de um resgate, sim, e que todos podiam demonstrar sua gratidão não azucrinando com perguntas desnecessárias.

— Cês querem botá fogo em machamba comunal? — perguntou o novo comandante.

Todos responderam que sim, todos responderiam que sim mesmo que não quisessem. E daquele jeito todos os resgatados de Maueta se tornaram combatentes da guerrilha. Atacariam outro campo na noite seguinte. Antonio Pracinha gostou da ideia, já coçava a ponta dos dedos imaginando como seria segurar mais uma vez uma automática. Sentia saudades do combate, não admitia, mas sentia. Não sabia viver de outra coisa, o pobre Pracinha. Shaira não queria botar fogo em nada, se precisasse escolher alguma coisa para tacar fogo, tacaria nessa nova espécie de comandante que ela via surgir na sua frente e sairia correndo no rumo de casa. Esse aí que discursava contra as atrocidades dos campos parecia um tanto com os novos homens dos campos. Moldado na mesma chapa, tinha os mesmos cheiros.

Mas Pracinha, animado, deu seu jeito de puxar amizade com o substituto do comandante. Foi de mansinho, lambeu bem os bagos do homem com suas palavras ligeiras, perguntou da saúde, esses homens de escalão sempre gostam quando lhes perguntam da saúde, contou-lhe uns causos, se arrastou bem no solado do outro. Para nova sorte de Shaira, no outro dia já estavam de simpatias. Shaira ainda seguiu por mais dois dias e duas noites com o bando. Houve, de fato, outro ataque na noite seguinte à fuga, mas só alguns homens participaram. Pracinha foi um deles, já tinha ganhado umas confianças. O resto ficou no que chamavam de acampamento, que era um bando de gente amontoada mesmo. Na madrugada voltaram Pracinha, o novo comandante e mais um bando de gente nova que também não sabia para onde estava indo.

Depois que todos se ajeitaram para dormir, Pracinha chamou Shaira de canto.

— Amanhã à noite tu foge. Já combinei tudo com o comandante, nós vamos entrar mais no mato. Eu vô pra Gorongosa, Shaira, mas tu volta pra tuas meninas. Tu não precisa ir. Não pergunta nada, que eu já resolvi tudo. Tu volta pra casa — não falou mais, nem Shaira perguntou. Dormiram em seguida, cada um afogueado com sua parte do segredo. Shaira voltaria para suas netas, Antonio Pracinha teria de volta a sua guerra.

O alvorecer não trouxe mudança de rotina, acordaram, levantaram, meteram um pouco de água no estômago, não receberam nenhuma nova informação de destino, não conversaram com os recém-chegados, não conversaram entre si, caminharam até o anoitecer, arrumaram um canto para dormir. Shaira, com medo, dormia em cima de uma pedra que lhe fisgava a costela. Pracinha sempre dormia perto de si, mas naquela noite estava enfiado nas solas das botas do novo comandante. Não fosse a pedra seria a cabeça de Shaira que evitaria o sono. Era impossível que Pracinha lhe estivesse a mentir. Mas por que a demora? Quando já quase desistia sentiu um puxão nos dedos do pé. Era Pracinha. Levantou cuidadosa dos que estavam dormindo e o acompanhou. Caminharam em silêncio por volta de uma hora, o novo comandante ia atrás. Shaira não confiava no novo comandante, às vezes achava que não devia confiar em Pracinha também, mas Pracinha não mentiria para si. Era um mentiroso, sim, mas não mentiria para si.

Depois de uma hora pararam no meio de um grande nada. O novo comandante se aproximou de Shaira e mandou que seguisse sempre na direção sul, que encontraria a vila de Nacala.

— É melhor caminhar no mato e à noite que tu não tem as guias. Deve demorar umas duas noites até a vila.

— Koxukhuro.

— Fico feliz que me agradeça na sua língua, mama. Eu sou do Niassa, sabe? Lá no Niassa já chegou o prestígio das macuas — o homem desenhou o rosto de Shaira com a ponta dos dedos até pará-los sobre seus lábios. Shaira sentiu o frio invadir o esôfago. — Vocês, macuas, são mesmo rabudas, hein?! Sempre quis saber o que as mamanas lhes ensinam naqueles ritos, dizem que ninguém mexe o rabo como uma macua.

Shaira queria virar para Pracinha e perguntar o que estava acontecendo, mas sabia bem o que estava acontecendo. Já conhecia o procedimento e a etiqueta a ser adotada. O novo comandante lhe esfregando o rabo nas calças sujas, Shaira evitando destilar seu ódio ao olhar para Pracinha. Virou, sorriu para o novo comandante, meteu-lhe as mãos embaixo das calças e bateu uma até ouvir, entre os gemidos e as afirmações de que ela gostava do que estava fazendo, ah, como gostava, as macuas foram feitas para a cama, que não seria assim que o serviço acabaria. Então, o novo comandante a pegou pela nuca, mas antes que pudesse fazer qualquer movimento ouviu Shaira gemer em seu ouvido. Deixa eu chupar. Ajoelhou-se entre suas pernas, arrancou-lhe as calças de uma vez e chupou com toda gula que conseguiu. Cuspiu a porra entre as botinas, limpou a boca com as costas das mãos e levantou sorrindo. O novo comandante estava satisfeito, quase todos ficavam satisfeitos. Não era a primeira violação que evitava.

Virou as costas e seguiu seu caminho. Em silêncio. As lágrimas brotando uma atrás da outra, aumentando em ritmo e angústia. Não pararia para acalmar o choro. Não pararia por motivo algum. Estava voltando para casa. Tinha sorte.

Eu demoro alguns dias até que tenha coragem para procurar Simi. Ela também não me procura nesse meio-tempo. Nem ela, nem minha avó, ou qualquer outra pessoa que não seja Sílvia perguntando alguma coisa dos ensaios. Sílvia até que está sendo bem legal ao me deixar treinar no meu próprio ritmo e ao distribuir meus alunos entre os outros professores. Taú assumiu alguns e está dando aulas a mais para cobrir meus horários. Vez ou outra alguém, nos corredores, me pergunta por que não estou dando aulas e respondo que estou focada na turnê. É o que Sílvia pediu para eu responder, disse que não queria preocupar os alunos. Não concordo muito com ela, mas também não me importo muito, desde que eu possa usar as salas de ensaio sempre que eu quiser.

 Reluto um pouco antes de conseguir ligar para minha irmã, não deveria ser tão difícil falar com quem é parte de mim. Ela tem uma voz animada ao atender o telefone e me chama de Mika. É meio esquisito, mas eu acho que gosto. Digo que quero encontrá-la. Ela terá um período livre à noite e propõe um jantar em sua casa. Depois me passa o endereço e eu finjo que não sei como chegar ao condomínio. Passo o restante do dia sem conseguir me concentrar em nada, tampouco nas perguntas que quero lhe fazer.

Ela é bem melosa comigo quando chego, não consigo não achar estranho, ou acreditar em toda aquela saudade. A irmã mais nova perdeu a memória e ela nem liga, não sei por que me abraça tanto. Sento na ponta do sofá e olho ao redor, ela vai fazer um chá na cozinha, eu acho o apartamento desconfortável. É bem iluminado e as paredes são de um tom agradável de azul. Tem muitos livros em cima de uma escrivaninha num canto da sala e um abajur aceso. Acho que estava lendo antes de eu chegar. O sofá até que é aconchegante, tem umas almofadas coloridas e brilhosas, ao estilo indiano. Fico contornando a estampa com a ponta dos dedos até que ela volta com uma caneca de chá para cada uma de nós.

    Agradeço e me colo àquela caneca com a sensação de que é a única coisa sólida na qual posso me agarrar. Cada movimento que faço para beber o chá faz com que eu me sinta um pouco mais artificial, um pouco mais deslocada, com um pouco mais de vontade de ir embora. Simi não inicia uma conversa. Ela bem que podia, ao menos, iniciar a conversa. Estou prestes a deixar chá, irmã e jantar para trás quando me escuto perguntar se ela se lembra de quando éramos crianças. Ela faz que sim com a cabeça se virando na minha direção, mas não o suficiente para que nossos olhos se cruzem.

— Eu costumava enfiar o pé na sua cara e perguntar se eu tinha chulé. Cê lembra disso?

Ela para a caneca no ar antes de alcançar a altura dos lábios e me encara. Não me arrependo de ter perguntado. Eu sei que ela está assustada, mas não me arrependo. Ela solta a caneca na mesa de centro sem beber o chá.

— Você lembrou?

— Algumas coisas. Cê lembra disso? — pergunto mais uma vez, quero minha resposta. Mereço uma resposta. Não há nada de errado na minha pergunta para que eu não mereça uma resposta.

— Lembro, sim. Você fazia isso porque sabia que eu ia te fazer cócegas. Era sua maneira de me animar.

Eu também solto a caneca na mesinha. Levo as duas mãos na direção dos pés e tiro os tênis e as meias. Levanto o pé direito na direção de seu nariz.

— Cê acha que eu ainda tenho chulé, Simi?

Ela ri e eu consigo encontrar minha irmã naquela risada. Acho que é a primeira coisa espontânea que Simi faz desde que me encontrou no hospital naquele dia em que eu era apenas vazio.

— É sério. Vem ver se eu tenho chulé — eu continuo e tento me levantar com a perna direita ainda no ar, me desequilibro e caio sentada no meio da sala. Simi vem em meu socorro e eu a puxo pelo braço até que ela se estatele ao meu lado, ficamos as duas rindo feito as crianças que eu não tenho lembranças de termos sido. — Eu não me lembro do que aconteceu em Moçambique, Simi, mas eu quero lembrar — digo e ela para de rir de imediato. Levanta, ajeita a roupa e volta para a poltrona onde estava sentada.

É isso, Moçambique é a grande muralha que existe entre nós e eu não aguento mais essa sensação de ter deixado tudo do outro lado do oceano. Tudo, até uma irmã que está sentada na minha frente. Porque não importa que ela esteja próxima o suficiente para que eu possa tocá-la, que eu esteja dentro de sua casa, que estivéssemos sendo irmãs há milésimos de segundos. Nada importa porque Moçambique foi tirado de mim e ao mesmo tempo me tirou tudo e todos. Minha irmã sentada naquela poltrona se defendendo de um passado invisível é o que me faz ter ainda mais gana de recuperar a memória e reivindicar minha terra de volta e de lá resgatar o que ficou de vida e irmã. Não foi na amnésia onde perdi nihimaaka e eu não vou parar até tê-la de volta.

Não havia nada, absolutamente nada, nadica de nada a ser desenterrado do subsolo da infância, só restavam os vermes alimentados por aquilo que foi morto bem morto e enterrado bem enterrado no fundo do que Simi escolheu esquecer. Nada para ser descoberto atrás da porta daquele quarto, nada para ser cavoucado, nenhuma ossada, nenhum passado putrificado.

Nada. Para Simi não existiria nem quarto nem porta nem a insistência de Mikaia em girar a maçaneta de uma fechadura sem chave porque a chave foi engolida e enferrujou nas suas entranhas. Não havia o cheiro azedo, depois quente, depois adocicado, não havia sêmen, suor e sangue, não havia a dor, os gritos, os grunhidos, os gemidos, não havia os corpos, os olhares, os dentes alargados e os corpos e de novo os corpos, não havia a irmã embaixo da cama, nem o sangue do pai secando nas coxas e em volta do seio que mal começava a nascer, nem os guinchos da avó entrando pelas frestas da janela, não havia o silêncio da mãe, não havia a falta de ar e o cansaço e a anestesia e a desistência, não havia o silêncio, não havia o apagão e não havia a dúvida. Não havia a merda da porcaria da dúvida, nenhuma pergunta infernal martelando na cabeça pelos últimos vinte anos. Nada havia acontecido depois do desmaio porque nada havia acontecido. Não podia, nada podia ter acontecido, não havia dúvida, não havia a possibilidade de existir dúvida, porque não havia mais homens famintos, não havia mais o que ser saciado e não havia nem nunca houve uma irmã embaixo da cama.

— O que cê quer saber de Moçambique? — Simi me pergunta, de volta com o chá entre as mãos. As pernas cruzadas, a coluna ereta, os olhos distantes, impassível, me sinto numa entrevista de emprego.

— Que foi que aconteceu?

— Vovó já te contou, nossos pais morreram por causa da guerra.

— E como foi? Como é que eles morreram?

— Eu não sei, não é como se eu estivesse lá. Mas muita gente morreu naquela época, Mikaia. Acho que foi uma bomba, ou sei lá. Alguma coisa dessas que acontecem nas guerras.

— Bomba? Onde?

— Não sei, na rua. A gente tava em casa com a vovó. A cidade tinha risco de ser invadida, sofrer um ataque, alguma coisa desse tipo. A vovó falou com um amigo da imigração e nos deixaram fugir.

— Ataque de quem?

— Não sei, Mikaia, do inimigo.

— Cê não lembra?

— Não. Não de muita coisa. Lembro que nossos pais não voltaram para casa e lembro da vovó nervosa e de você chorando o tempo todo. E depois da gente entrando num barco e vindo pro Brasil. E fim.

— Barco?

— É, Mikaia, barco. A gente vivia perto de um porto.

Eu não compro em absoluto as respostas de Simi, até o roteiro de um filme de quinta categoria teria mais detalhes do que ela me dá. Ela lembra, tudo no seu corpo me diz que ela lembra, a sua insistência em repetir o meu nome a cada sentença é quase um grito no meu ouvido me dizendo que ela lembra. E, depois, eu sei que não é só isso. Sei que não perdemos nossos pais em um incidente de guerra qualquer, como se fosse possível qualquer morte em uma guerra ser tratada como incidente. Uma coisa banal. Muita gente morreu naquela época, como ela tem coragem de me dizer isso? Então tudo bem nossos pais terem morrido? E tudo bem nós termos fugido? E tudo bem eu não me lembrar de nada? Ou não ter certeza se amanhã, quando acordar, eu ainda vou saber a porcaria do meu nome? E, assim, minha irmã pode me chamar de Mika e me servir um chazinho e fingir que está tudo normal? É isso?

Não aconteceu nada em Moçambique, as pessoas morrem o tempo inteiro e ainda tem guerras por toda a parte e deve ter gente morrendo agora mesmo, enquanto a mão de Simi transpira segurando uma caneca cheia de chá de camomila e ela segura as lágrimas não de emoção mas de raiva. Sim, de raiva da irmã sentada no chão da sua sala querendo reviver traquinices da infância só para fazê-la abaixar a guarda para enfiar a faca no seu peito e torcer com aquelas perguntas idiotas sobre o que aconteceu em Moçambique e ainda mais raiva de si mesma por mentir tão mal e disfarçar tão mal e é claro que a irmã não acreditou numa única palavra que ela disse e agora ela tinha que continuar se fazendo de tansa e mantendo a postura quando a única coisa que queria era sentar de novo no chão daquela sala abraçar a irmã e dizer que tudo ia ficar bem porque Mikaia não precisava lembrar. E não precisava saber que viram o pai morrer e que ninguém sabe o que aconteceu com a mãe e Simi não tinha certeza do que tinha acontecido dentro daquele quarto na casa amarela, porque ela desmaiou e ela foi fraca e não conseguiu proteger a irmã mais nova. E essa era a única coisa que ela precisava fazer naquele maldito dia em que homens atiraram em seu pai e depois lhe apalparam o corpo com aquelas mãos imundas de terra e morte e sangue do próprio pai se misturando ao seu medo e ela desmaiou. E só acordou quando já estava nos braços da avó e a avó em prantos e Mikaia ainda enfiada embaixo da porcaria daquela cama. E Simi nunca soube e nunca irá saber se o que fizeram com ela fizeram com sua irmãzinha caçula também. É, Simi não sabia e Mikaia também não precisava saber.

— Isso não tá funcionando.

— O que foi? Eu te respondi o que me perguntou.

Não, Simi, você não me respondeu, é o que penso, mas não adianta insistir. Então fico quieta. Não consigo acreditar que Simi não se importa e ao mesmo tempo todas as minhas tentativas de encontrar nela uma irmã acabam em atitudes evasivas. Eu preciso descobrir a raiz dessa distância e só tem um lugar onde eu possa encontrá-la.

— Eu vou pra Moçambique — eu digo, voltando para o sofá e colocando de volta os meus tênis.

— O quê?

— É, Simi, eu vou pra Moçambique. Eu preciso de respostas e não vou consegui-las com você.

— Mikaia, não tem nada pra gente em Moçambique.

Eu me levanto, levo minha caneca pela metade até a cozinha, pego minha bolsa e me dirijo até a porta.

— Espera... a gente ia jantar.

— Quer saber? Esquece o jantar. Eu... tava errada em vir aqui.

Só me resta contar para a minha avó e para Taú sobre minha decisão. Compartilhar a escolha pode fazer com que Moçambique deixe de ser uma mera abstração em meus sonhos. Arranjadas as testemunhas, espera-se que acabem as chances de arrependimento. Contar para Taú é mais fácil, seu apoio é mais óbvio, reaver minha memória não lhe traz perdas. Já de minha avó não sei o que esperar. Shaira é um mistério vestido de girassol. Há um elo desencaixado numa corrente e me falta o alicate para que eu possa consertá-lo. É diferente das arestas que me arranham na relação com Simi. Shaira me evoca um dicionário cujas páginas em branco precisam do toque do fogo para revelar palavras antigas. Toda minha história escrita nos mistérios de seu rosto lasso. Estão todas ali a meu alcance, só tenho que saber como alcançá-las. Ela não evita as respostas como faz Simi, Shaira me dá todas, mas diante dela sou eu quem não sabe fazer perguntas.

Tudo que consigo dizer quando a encontro é que decidi voltar a Moçambique. Isso é bom, é a resposta meditativa que recebo e que deve conter verdades invisíveis que eu não sou capaz de desvendar. Pelo menos é uma resposta afirmativa, um movimento de concordância que deveria me deixar mais tranquila, mas apenas me deixa com o maxilar mais tensionado. Seus olhos cheios de mistérios dos planetas e eu desnorteada esperando por um clique que não vem.

— Afinal, uma de nós ia ter que ter coragem de reclamar o passado.

— O que tem no passado, apiipi?

— Sua mãe.

Não é a resposta que eu esperava e ao mesmo tempo é exatamente o que queria ouvir no dia em que procurei Simi. É o que procuro ao andar na rua investigando o rosto dos passantes e esperando explicações.

Minha avó me conta, sem muitos detalhes, que nossa casa sofreu um ataque, que meu pai foi morto na frente de todos nós e minha mãe arrastada para longe de nossas vistas e até hoje ninguém sabe onde o longe acaba. Ela não sabe me dizer o paradeiro de minha mãe, não sabe o que aconteceu, se está viva, ou se foi morta como meu pai. Minha avó não sabe, nós não sabemos, porque nenhuma de nós ficou para descobrir. Partimos sem olhar para trás, Shaira escolheu as netas e talvez esteja aí a peça defeituosa que enxergo toda vez que olho para minha avó.

Toda mulher nessa família tem sua própria culpa para carregar entre as omoplatas, e me pergunto qual será a minha. Talvez seja isso o que vou buscar em Moçambique, uma razão para me culpar. Mas talvez Moçambique me devolva mais do que a memória, me devolva mãe e irmã.

Estou de volta à coxia onde tudo se fez vazio, estou vestindo o mesmo collant sem graça, a mesma sapatilha, meu cabelo preso à mesma maneira. Sílvia está escorada em um canto e segue com o olhar cada movimento que faço. Taú é mais óbvio e me segue com toda sua presença. Sinto que nunca mais conseguirei ficar sozinha. Até quero ficar sozinha, mas aceito o cuidado. Olho ao redor procurando algo de mágico naquele espaço, qualquer coisa diferente que me dê uma pista de onde posso ter depositado o que ainda me falta de minhas memórias. Talvez elas emerjam do palco durante a apresentação e se infiltrem em minha pele, e corram direto através de minhas veias até as glias que conectam meus neurônios. Quem sabe haja mesmo algo de mágico em dançar para tantos desconhecidos.

Sílvia indica que está na hora. Eu olho para Taú, ele sorri para mim e dessa vez eu não lhe devolvo o sorriso num gesto de educação, eu sorrio junto com ele.

— Nervosa? — ele me pergunta.

— Sim, é minha estreia.

— Mas a outra...

— Aquela não vale, era só o meu corpo. Hoje eu tô aqui.

Caminhamos de mãos dadas até o centro do palco. Ele solta minha mão, segura o meu rosto e beija a minha testa. Eu respiro devagar sem me ater ao movimento que meu peito faz ao encher dos pulmões. Ele sussurra um merda no meu ouvido. Eu beijo seus lábios de leve e ele não consegue me retribuir o beijo. Eu dou risada e me coloco em cima de minha marca. Como ele não se move eu aponto com meu nariz risonho o pequeno xis marcado no chão. Ele se concentra. Eu também.

Ouço os mesmos três acordes de sempre e penso no sal das lágrimas que se perdem no mar. Espero a cortina vermelha subir e, quando isso acontece, desloco todo o peso do meu corpo para a perna direita. Uma onda se dobrando ao sopro de uma brisa costeira. Giro o rosto e vejo Taú ao meu lado acompanhar o mesmo movimento de marola prestes a alcançar a praia. Um palco deve ter a mesma força dos oceanos, porque me sinto renovada ao perceber mais uma vez as ondas musicais se diluindo no meu corpo e se fazendo gesto.

Uma gota do oceano nunca será uma coisa fraturada. A água salgada não perde seu caráter de oceano só porque alguém lhe colocou em uma vasilha. Tampouco existem remendos para a água que volta ao mar. Quero me fazer oceano. Procuro o apoio da mão estendida de Taú no ritmo da ondulação de águas que se unem. Ele segue o movimento e, quando sinto que seu braço está firme, repouso a cabeça sobre meu próprio braço e deixo que ele sustente o peso de meu corpo líquido. Nos movemos na fluidez de quem se encaixa. Ele me segura pelos punhos e guardamos o mundo entre os braços. Eu giro, estendo a perna, retraio, giro mais uma vez. Sou uma jubarte rodopiando no movimento das marés. Abro os braços em nadadeiras e me entrego em onda aos braços de Taú. Ele me carrega e faz seu próprio movimento de oceano. Eu abro o peito, jogo meu pescoço para trás e deixo a onda quebrar e a água beijar a areia no toque das minhas mãos no tablado. Meu corpo desliza até o chão e me faço coral. Eu levanto o braço esquerdo, Taú me fisga pela mão, me ergue e devolve o mundo aos meus braços. Giramos. Ele se torna meu navio e eu sua figura de proa. Navegamos em direção ao futuro que chega pelo meu peito. Atracamos em terras deslembradas. Eu estendo a perna em movimento de avanço. Ele se vira para o mar, eu retorno, me coloco em suas costas, virada para o continente. Caminhamos juntos entre duas terras, cada um olhando para sua própria direção. Ele me gira, eu enlaço em sua perna e desço em espacato. Ele iça minha mão com o pé, eu giro em minha própria órbita e me levanto de peito erguido. Taú está pronto, sou mais uma vez figura de proa conduzindo seu navio. Nos voltamos para o horizonte, ele me coloca sobre sua coxa direita, me segura pelo quadril e com o olhar me aponta um futuro que emerge do passado. Eu abro o peito, depois trago os braços para a frente à maneira de quem num mergulho emerge em direção à luz. Estou pronta para o voo. Eu deslizo até o chão e nos fazemos cardume nadando num mesmo compasso. Exploramos o oceano que nos pertence, depois juntamos nossos corpos em recife e nos olhamos de frente pela primeira vez. Ele me ergue sobre a cabeça, me sustenta me segurando pela perna e pelo tronco, me gira e por fim me pousa ao seu lado. Eu gosto daquele breve instante de repousar ao seu lado. Voltamos ao movimento inicial com os corpos entupidos de oceano. Eu me entrego ao seu peito, ele me carrega, me gira, depois sou onda a quebrar novamente na beira da praia. Ele passa por baixo da minha coluna em arco e se abriga em mim. Gosto de pensar que o oceano também pode ser morada. As luzes se apagam, a música cessa, ouço os aplausos e a respiração ofegante de Taú.

— Você conseguiu — ele me diz.
— Nós conseguimos — respondo.

Uma grande calmaria me empurra na direção de seu corpo e recebo um abraço que tem toque de mar.

Estão todos animados com mais uma noite de sucesso e casa cheia. Sílvia não para de me dizer que fiz algo de diferente com a coreografia, ela não consegue explicar. Estava diferente, é só o que me repete quando entro na coxia com Taú, e enquanto mudo de roupa no camarim, e ao nos convidar para jantar com o restante dos bailarinos. Eu agradeço, mas prefiro ir para casa. Insisto para que Taú se divirta, mas ele me acompanha até nosso apartamento. Sílvia está quase certa, há mesmo algo de diferente, mas não é na coreografia, é em mim.

Ao chegar em casa paro logo na entrada para observar as fotos enquanto Taú tira os sapatos. Estou com um arrepio infantil na boca do estômago. Deixo minha mochila no sofá e exploro minha própria sala de estar com aquela impressão de chegar à casa de alguém com quem terei um encontro. Já estive ali antes, mas todo o espaço ressoa na linha tênue entre o familiar e a novidade. Reconheço alguns dos livros na estante, consigo até chutar quais são os meus, quais são de Taú. Observo os quadros, a decoração, há souvenirs de viagens por todos os lados. Gosto de uns mais do que de outros. Taú faz uma barulheira no quarto e pergunto o que aconteceu. Nada, derrubei uma cadeira. Não vou até lá, caminho até a cozinha e bebo um copo de água quase em um gole só. Ouço o aquecedor ligar e esquentar a água do banho de Taú. Fico parada em frente à pia com o copo vazio na mão. Será que a porta está trancada? Não me movo, uma onda de calor me sobe pelo peito, pescoço e nuca, se alojando bem no centro das minhas bochechas. Solto o copo, mordo a ponta do dedão esquerdo, respiro fundo, coço a cabeça. O aquecedor continua ligado.

No quarto, fico pelo que me parece uma eternidade na frente da porta do banheiro, que está entreaberta. Uma mistura de umidade e iluminação escapam pelo vão. Levo a mão até a maçaneta e depois recuo. Lá de dentro Taú me chama e me pede uma toalha. Levo um susto com o chamado.

— Não desliga o chuveiro. Vou tomar banho.

Taú não me vê entrar com a toalha e sem minhas roupas. Está de olhos fechados, com o rosto ensaboado embaixo da ducha. Eu observo a água bater no seu rosto inclinado para cima e depois escorrer pelo peito, o abdômen e as coxas. Não dá para dizer que não gosto da imagem. Me dou conta de que ainda não fiz o raio X do homem que dorme ao meu lado e me permito admirar um pouco mais o desenho de seus músculos. Uma olhada especial para os glúteos e o trapézio.

— Acho que deveríamos comemorar.

— Mas você quis vir pra casa — ele responde ainda sem me ver.

— Eu... queria comemorar com você — entro no boxe.

Taú engole um pouco de água quente quando toco seu peito e se engasga. Cê tem certeza? Eu balanço o queixo em afirmativa, sem ter certeza de nada. Ele me beija. Sua língua está quente do banho e se move com ansiedade. Eu estou gelada. Ele me suga a boca, lambe meus lábios, meu pescoço, chupa a ponta da minha orelha. Eu deixo meus dedos se afundarem na carne de seus ombros enquanto sinto meu corpo derreter. Quero deslizar a mão até o antebraço, abdômen, quadril e segurar o seu pau com vontade, mas não consigo. Ele desce a língua pelo meu colo, abocanha meu mamilo e eu solto uns gemidinhos, mesmo tentando evitar. Ele lambe meu umbigo, morde minha virilha, põe meu pé em cima de sua coxa e se encaixa para me chupar. Vai com calma, meu bem, é o mantra que toca em looping na minha cabeça, mas não digo nada. Eu tento só curtir o momento, mas tem algum freio de mão puxado em algum lugar dentro de mim que me desvia do presente a todo instante. Taú me vira para a parede e se enfia em mim devagar, segurando minha nuca e puxando levemente meu cabelo para trás, acho que escuta meus pensamentos. Eu sinto me arrepiarem as pernas, os braços e a boca do estômago. Faz sentido ser invadida por Taú, faz sentido querer Taú se metendo em meu corpo do mesmo jeito que ele vem se metendo em minhas memórias.

Eu não sei bem em que momento soltei aquele freio de mão, em que momento parei de racionalizar, mas me sinto entregue quando ele me joga na cama e nos misturamos entre água, saliva, suor e lençóis. Nos misturamos, é isso que acontece. Perdi o limite de um corpo sólido em cima daquele palco e agora me deixo fazer oceano entre as águas de Taú. Nos movemos na cadência das marés e permito que ele veja seu calor se espalhar do meu ventre até meu peito arqueado em sinal de entrega. Eu mordo os lábios e procuro no fundo dos seus olhos os cacos que me faltam. Puxo seu tronco mais para perto de mim, lhe cravo as unhas e afundo os dedos em suas costas. Ele geme em meu ouvido e me diz que sentia falta disso, eu não respondo, abocanho seu pescoço e remexo meu quadril com mais gana como se fôssemos nos atravessar um ao outro sem jamais chegar ao outro lado. Fundirmo-nos numa coisa só onde memória alguma faça diferença. Onde não exista dúvida, vazio ou incompletude. Taú me preenche. E eu estou feliz.

N'nakala?

o mar inunda meu quarto. vejo um cardume entrar pela janela, os peixinhos serelepes me arrodeiam e mordiscam meus pés, deixo minha mão escorrer para a direita espeto a ponta dos dedos num ouriço retraio o braço no instinto e com o movimento ligeiro o mar se esvai de uma só vez. estou numa ruína já não há mais ouriço já não há mais janela as pontas dos meus dedos ainda doem há raízes escorrendo pelas paredes e se enfiando em suas brechas. levo minha mão na direção da argamassa ressequida e o barro se desprende ao mais leve toque me desmancho junto ao tempo já não sei onde é raiz onde é ruína

Abro o formulário de solicitação de visto na página do consulado de Moçambique. Como se consegue um visto de entrada para sua terra natal? Como pedir um documento legal concedente do direito de ir e vir sobre o solo que deveria lhe pertencer? Nome completo. Mikaia Mshango, eu digito na barra selecionada. Nacionalidade. Não é óbvio? Minha origem não está estampada na escolha pouco brasileira de meu nome próprio? O aglomerado de consoantes que compõe meu sobrenome sempre foi meu carimbo de procedência, agora isso não é suficiente? A grafia que me denomina não me faz moçambicana?

Eu nunca soube o que é ser moçambicana.

Olho para o formulário na tela como se algo naquelas perguntas institucionais fosse capaz de me dar pistas do que é ter um sentimento de origem, me questiono se as memórias que me faltam trarão consigo uma resposta. Não sou capaz de imaginar que uma menina de nove anos saiba o que é ser moçambicana, uma menina de nove anos não deveria saber o que é ser moçambicana. Aos nove anos eu deveria ser Mikaia e isso seria o bastante. Em vinte anos no Brasil nunca fui brasileira. Fui sim angolana, senegalesa, haitiana, africana. Já fui tantas e tantas vezes africana que talvez eu até já tenha começado a acreditar. Sim, o Brasil me fez africana, e por vezes quero que o Brasil me explique o que isso significa.

Local de nascimento. Nacala. É o nome de uma cidade esquecida. Procuro no Google e descubro que meu berço de origem é uma cidade portuária, uma das mais importantes da África Oriental devido à profundidade elevada das águas. Pelo porto de Nacala passam navios vinte e quatro horas por dia, me imagino partindo numa dessas embarcações. Não consigo me imaginar voltando. É idiotice preencher um formulário com ausências. É idiotice querer voltar. Eu me perdi de uma cidade-porto.

Taú entra no quarto e me encontra com o computador no colo e a luz apagada. Por que ele tem sempre que acender essa luz? Senta ao meu lado na cama e mexe em meu cabelo; ainda é um pouco estranho quando ele me toca.

— O que tá fazendo?

— Nada — fecho a aba do Google Maps com a imagem de satélite de Nacala ampliada na tela.

— Isso é Moçambique?

Concordo com a cabeça, sem tirar os olhos do computador.

— Programando a viagem?

— Meio que isso.

— Já solicitou o visto?

No alto da tela, escrito em preto, Embaixada da República de Moçambique em Brasília — Serviços Consulares, ao lado de uma bandeira flamejante. O formulário em branco. É óbvio que eu não solicitei o visto ainda.

— Não. Não consigo preencher o formulário — os meus olhos na tela, a mão direita no teclado, a esquerda apoiando meu queixo enquanto mordo a ponta do dedão.

— Qual a dificuldade? Eu ajudo.

Eu deixo que Taú me dite as informações que são minhas. Não preencho a nacionalidade. Ele finge não notar. Cidade de nascimento. Sexo. País de nascimento. Data de nascimento.

— Você nasceu em setenta e seis ou setenta e sete?

Preencho setenta e sete na barra de digitação. Estado civil. Taú revira os olhos quando seleciono solteira. Documento de viagem, número de passaporte. Dados profissionais. Endereço de residência permanente. Preencho um formulário de falácias. Não há nada de permanente em minha vida, nem mesmo minha memória é permanente. Informações sobre o visto. Tipo de visto. TURISMO. Então é isso? Sou reduzida a turista em minha própria terra antes mesmo de saber se tenho direito de caminhar por ela? Lembro-me de ter lido algo sobre o turista, certa impessoalidade, certa frieza que compõe sua postura. O turista passa, passa pela rua, pela cidade, pela viagem. A cidade fica e o máximo que o turista consegue carregar dela são fotografias desprovidas de afeto. Onde foi mesmo que tirei essa daqui? Acho tão bonita. Não existem permanências no turista. Será a condição de turista uma vingança de minhas ausências? Um visto de turista é a forma de Moçambique esfregar em minha cara: VOCÊ FUGIU. Que outra opção eu teria? VOCÊ FUGIU. Eu tinha apenas nove anos. VOCÊ FUGIU. Uma fuga para além de fronteiras, como se meu corpo deixasse Moçambique ao mesmo tempo que Moçambique deixava meu corpo. Que cicatriz esconde o mapa natal de mim? Que cicatriz seria capaz de me levar de volta?

Como dizer ao consulado que não possuo detalhes para contar sobre o motivo da entrada? Senhor cônsul, eu sou uma mulher desprovida de detalhes. Mas precisamos saber seu objetivo para com o nosso país, minha senhora. Acho que sou desprovida de objetivos também. Não são os detalhes da viagem que me faltam, são os meus próprios. Com que idade ensaiei meus primeiros passos? Quem segurou minha mão? Com que canção eu fui ninada? De que escuro eu tive medo? Qual a casa de minha infância? Qual a cor da terra de Nacala? Como reconhecer o olhar de minha mãe? Sou uma mulher provida de questionamentos. É o suficiente para entrar em Moçambique? Senhor cônsul, eis os detalhes de minha entrada. Voltarei a Moçambique para reivindicar os detalhes que ainda deveriam ser meus.

Já esteve alguma vez em Moçambique? Já. Há vinte minutos eu passeava pelas ruas de Nacala. Sobrevoava as casas, o porto, as praias, na tentativa de imaginar como seria a geografia da cidade vinte anos atrás. Quero satisfazer certo fetichismo adulto de dizer que no meu tempo não existiam tantas casas. Está vendo aquele bairro? Na minha infância aquilo era tudo mato. Mas não sei em quais limites a cidade se expandiu. Tampouco sei quais limites da cidade de fato eram meus. E, por não saber, o satélite do Google faz algo por mim, me dá de presente uma geografia sem limites. Eu vejo a borda vermelha que delimita o território urbano da cidade, mas também vejo réstias de urbanismo que ultrapassam os limites da linha digital. Vejo as terras que circundam a cidade, vejo toda a baía de Bengo e a baía de Fernão Veloso, o corredor de Nacala. Vejo a linha férrea, ela também transgressora de limites, ultrapassa a fronteira e nos liga ao Malawi. Vejo a praia de Relanzapo e penso que gostaria de conhecê-la, ou reconhecê-la numa visita.

Já foi residente em Moçambique? Apenas meu corpo, é o que tudo indica. Por que saiu de Moçambique? Eu não saí. Foi Moçambique que saiu de mim. Sou órfã de pai, de mãe e de país. Não posso reverter a perda de meu pai. Será que poderei reverter as outras? Dados de pessoa para contato em Moçambique. Senhor cônsul, o senhor pode contatar um pai morto, ou uma mãe desaparecida. O senhor pode contatar uma memória silenciada ou esquecida, a depender do contato de sua escolha. É certo que há de ter parentes a quem o senhor possa recorrer. Se encontrá-los, o senhor poderia fazer o favor de repassar o meu contato. Ando a procurar por eles também, mas esbarro sempre nas mesmas ausências. Faríamos um trabalho em conjunto, o senhor, a embaixada e eu, quem sabe assim eu teria mais detalhes para preencher num próximo formulário.

Taú me ajuda a responder cada uma das perguntas para as quais eu não teria resposta. São as palavras dele e não as minhas que marcam a página. Só resta uma lacuna a ser preenchida. Volto à nacionalidade. Brasileira, preencho. Salvar dados.

Tenho uma vida regida por papéis. O que me torna brasileira é o mesmo tipo de folha timbrada que me falta para que eu possa ser moçambicana. O passaporte azul em minha mão me concede o direito de não ser expulsa do Brasil e me demanda carimbos para entrar em Moçambique. Não deveria haver tanta verdade nos papéis. E se agora eu decidir que quero voltar a ser moçambicana? Se Nacala me devolver o que perdi e ficar fizer mais sentido do que partir? Quem decide quais raízes são mais ou menos minhas? São os papéis que dirão a um estranho onde bate mais forte meu coração? Será um funcionário descontente pelas horas de serviço mal pagas quem vai dizer, olha, essa aqui merece ficar em nosso país? E se, ao chegar a Moçambique, esse mesmo funcionário decidir que não posso ficar? Memórias, para que memórias? Ninguém precisa de memórias, memória não enche barriga, minha querida. Volte para o Brasil e não nos importune mais. Minha mão treme na fila para fazer o check-in no aeroporto. Não são quilômetros o que existe entre mim e minha terra natal, são papéis.

Faltam dez minutos para o embarque quando minha irmã chega ao aeroporto. Não tínhamos nos falado desde o dia em que discutimos em sua casa. Taú deve ter avisado o horário do voo, deve ser por isso que não me deixou entrar na sala de embarque mais cedo. Taú é filho único, é daqueles que, por não ter irmão, acha que irmãos precisam se entender de qualquer jeito. Não é bem assim que as coisas funcionam, minha irmã teve todo o tempo antes da viagem para me procurar, não procurou. Não tenho muito o que falar para Simi, não vou desistir dez minutos antes do voo. Não sei o que ela espera, o que está fazendo aqui. Ela só pode ter vindo para me fazer mudar de ideia, para dizer que o passado não importa, para fingir que ela se importa.

 Ela já chega de olhos vermelhos. Eu bufo enquanto ela se aproxima. Olho para Taú e ele com aquela cara de satisfação. Simi cai em prantos assim que me abraça, eu até sinto uma vontadezinha de chorar, mas não vou. Chorar é o movimento instintivo das partidas, só isso.

— Eu não sei por que você tem tanta necessidade de lembrar. Eu queria que você não lembrasse, mas espero que encontre o que tá procurando — ela me diz entre as fungadas, o nariz ainda enfiado no meu pescoço. Eu não tenho resposta para seu apoio. Tenho todo o corpo tensionado esperando reclamações e contrapontos. Ela não se afasta do abraço. Estou com o braço direito em volta de sua cintura. Minha mão esquerda segurando o passaporte, o bilhete da companhia aérea, os tickets de bagagem, o braço estendido ao longo do meu tronco. Finalmente, eu o trago também para o abraço. E choro. Chorar é o movimento instintivo das partidas. Taú tira os documentos da minha mão. Minha irmã e eu não nos soltamos, há um mundo de palavras circundando nosso abraço, mas nenhuma precisa ser dita.

Eu acordo sonhando dias que as pessoas vão parar de sumir. Todas somem, ou morrem, e aí somem também. A gente não deixa de fazer as coisas porque as pessoas somem. Só a escola porque parou de funcionar, mas apaapa disse que logo vai voltar e a gente vai aprender português direitinho, porque as filhas dele têm que falar língua de gente. Por enquanto só ajudamos a amaama, quando tem feijão pilamos o feijão, quando tem coco ralamos o coco, quando tem manga secamos e colocamos no caril. Mas quase nunca tem manga, ou coco, ou feijão. Aí o que eu mais faço é ajudar a amaama a fazer a xima. E às vezes tocossado sem manga, sem cebola e sem tomate. A amaama continua indo à machamba, foi lá que apiipi sumiu. O apaapa não vai mais pras salinas, agora tá sempre no trabalho de secretário, não sei o que ele faz. Simi disse que apiipi não vai mais voltar, mas eu acho que vai. De tardezinha eu gosto de brincar com os meninos, Cefo achou um pneu um dia desses. Brincar de pneu é o que a gente mais gosta. Com nihimaaka a gente brinca de pidjonça e banana. Isso quando não temos que ajudar amaama e akuulu Yasana. Já não tem mais cabrito pra cuidar, de vez em quando aparece uma galinha, mas é bem raro. Quando aparece galinha eu me atiro na frente para pegá-la antes dos meninos. É bem divertido. Eu sou mais rápida do que eles, mas às vezes eles me batem porque queriam a galinha. Só que quase nunca aparece, acho que foi só uma vez mesmo.

Eu acordo de manhã e venho conferir se apiipi voltou. Nihimaaka zanga comigo, diz que apiipi foi pro mato, que agora ela é dos bandidos armados e a gente nem quer que ela volte. Acho que foi apaapa quem disse isso pra nihimaaka, mas eu não acredito. Como que apiipi pode ser bandido? Tem um monte de gente que deixou de gostar de apaapa depois que ele parou de trabalhar nas salinas e viemos morar nessa casa. Tem dias que eu também gosto um pouco menos dele, mas depois passa. E tem umas pessoas que eu nunca tinha visto e que agora vivem grudadas no apaapa. Uma vez até nos deram um pratão de caril só porque o apaapa fez alguma coisa lá no trabalho dele. O novo nome de apaapa é camarada Sali. Todo mundo chama ele de camarada, até a amaama quando tá na frente de alguém. Eu perguntei se precisava chamar ele de camarada apaapa, mas ele disse que não.

Eu acordo todo dia e vou direto pra sala e depois dou uma volta na casa para ver se encontro apiipi. Só depois disso que o dia começa. Nihimaaka me pergunta por que faço isso todas as manhãs, já faz anos que ela sumiu. Porque ela vai voltar. Nihimaaka é tão esperta, mas às vezes não percebe nada. Ninguém mais zanga comigo por causa disso. Tem dias que akuulu Yasana me chama pra buscar água e eu sempre peço para ela me contar histórias de quando ela e apiipi eram crianças. Akuulu Yasana também acha que apiipi vai voltar, mas ela não pode dizer, porque ela não é mwana. Acho que akuulu Yasana e apaapa não se dão muito bem e tem a ver com o desaparecimento de apiipi, mas ninguém nunca me explica nada, porque eu sou mwana.

Eu acordo, espreguiço meus braços, coço os olhos e me levanto. Nihimaaka ainda tá dormindo. Saio correndo pra sala pra fazer minha ronda habitual. Apaapa deve tá sendo secretário em algum lugar. Saio, corro em volta da casa, encontro amaama estendendo as roupas. Nada de apiipi. Peço pra ir até a palhota de akuulu Yasana para conferir. Amaama responde que sim sem me dar muita atenção.

Tem alguém dormindo na varanda de akuulu Yasana. Ainda tá bem cedo então penso que akuulu Yasana pode ter colocado a esteira na varanda por causa do calor. A gente fazia isso nos dias muito quentes, quando ainda morávamos todos na palhota da akuulu Yasana. Mas não tem nenhuma esteira no chão e não parece ser akuulu Yasana. Me aproximo bem devagarinho pra não acordar a pessoa. Dou a volta na palhota e entro pela outra porta. Akuulu Yasana tá lá dentro dormindo na esteira, me aproximo devagar e chamo baixinho no seu ouvido.

— Akuulu Yasana, tem alguém dormindo lá fora.

Eu tenho que repetir umas três vezes até ela acordar e ver bem que sou eu. Explico que vi alguém, mas não sei quem é. Ela levanta e vamos juntas conferir. A mulher toma um susto quando akuulu Yasana chega falando alto, arrastando os pés e batendo a porta. Aí as duas riem e depois choram e depois se dão um abraço, riem mais um pouco e eu já não entendo mais nada.

— Mikaia, você não reconheceu sua apiipi? — Akuulu Yasana me pergunta ainda rindo. Eu nem me mexo.

— Essa é a Mikaia? — a outra pergunta, vindo na minha direção e eu continuo sem me mexer, olhando para as duas de canto de olho.

— Ihh... você ficou anos esperando sua apiipi e agora não vai dizer nada?

Eu nunca tinha pensado no que aconteceria no dia em que encontrasse apiipi numa das minhas rondas. Viro as costas e saio correndo. Vou chamar nihimaaka, ela precisa saber que apiipi voltou.

No avião é onde me permito sonhar o passado. Imaginá-lo prenhe de significados miúdos que atestem minha existência anterior. Todo resto de passado que me chega me assusta até o osso, mas o avião me deixa construir devaneios de felicidade esquecida. Quiçá seja a falta de materialidade habitual nos aviões. Esse amontoado de lata flutuante que não é lugar nem de repouso, nem de deslocamento. Aliás, tampouco é lugar, o bicho de ferro. Um avião é um buraco no tempo e no espaço, a suspensão herege de trezentas vidas desaparecidas à medida que o bico se inclina e as rodas deixam de tocar o chão. Não estamos na esfera dos homens enquanto habitamos o trânsito. Há quem se aposse da esfera do divino ao bisbilhotar os sonhos que emergem das maquetes lá embaixo e se quebram em partículas de gelo no acrílico das janelas ovaladas. Não me sinto em esfera alguma, minhas preocupações são demasiadamente humanas, ao passo que ainda me falto em abundância. Como me considerar uma coisa ou outra? Como me considerar uma coisa completa?

Me remexo na poltrona reclinada entre sonhos, arquejo, pedaços de dias esquecidos e cansaço. E se o futuro for uma erva daninha enraizada nos ovários da mulher que me trouxe ao mundo? Se ele for a certeza de que o esquecimento é um presente enviado por deuses antigos, e minha audácia em devolvê-lo for minha condenação eterna? E se não houver beleza num futuro nutrido de passado? E se não houver resposta? Se não houver ninguém? Se eu atravessar todo um oceano e não acontecer nada?

O mundo reduzido em dez polegadas ao alcance de minha mão, posso atravessá-lo com a ponta do meu dedo indicador. Na tela pequenina, vejo o recorte das fronteiras entre Angola, Namíbia, África do Sul, Suazilândia, Botswana, Zimbábue, Zâmbia, Malawi e Moçambique. É impressionante como pode caber tanta geografia desconhecida em apenas dez polegadas. Vejo o desenho do encaixe entre os países, uma geografia recortada pela ponta de uma lâmina sem fio. Lembro de minha avó brigando comigo uma vez por querer cortar um tecido com uma tesoura gasta. Vejo os mesmos dentes de tecido mastigado nas linhas entre os países ao sul da África. As fronteiras são mesmo as cicatrizes do mundo. Acho que o mundo divide comigo suas cicatrizes.

Reviro minha bolsa em busca de alguma coisa que me distraia e encontro um envelope no meio do meu passaporte. Não lembro de tê-lo colocado ali. É um envelope branco com meu nome escrito na parte frontal.

Antes de você nascer eu achava que as irmãs eram feitas para que as crianças não ficassem sozinhas e esquecessem o medo, mas você existe para me fazer lembrar e esquecer da guerra em cada respiro seu desde o dia em que nasceu. Achei que o Brasil seria um caminho sem volta para o esquecimento, mas nunca esqueci. Eu queria muito esquecer nem que fosse por um único dia. Você nunca quis esquecer, nunca parou de me chamar de nihimaaka, nunca deixou de cavoucar nossas feridas e mesmo assim esqueceu. Esqueceu quando éramos crianças e esqueceu agora. Eu não sei o que fiz de errado para não ter sido eu a perder a memória. Eu te daria o passado de presente se o passado não trouxesse consigo aquele cheiro adocicado que nunca me deixa dormir. Queria que você entendesse que é a única coisa que não posso perder. Então, não importa o que você encontrar no passado. Estarei aqui quando voltar. Nossa avó tem uma irmã viva em Nacala, ela vai lhe buscar no aeroporto e levá-la aonde for preciso. Seu nome é Yasana.

Sinto muito que as coisas não possam ser diferentes.

Com amor, Simi.

eu embaixo da cama e o quarto infestado de pernas verdes. Aquilo não é nlopwana, nlopwana não entra na casa da gente, não infesta a casa da gente de ephome e morte e depois quebra a gente e vai embora. Aquilo não é nlopwana, não pode ter nascido que nem a gente, não pode ter tido mãe que nem a gente, não podia fazer isso com a gente. A Simi em cima da cama e o quarto infestado de pernas verdes, pernas de axinama que não tem mãe, que vem e infesta tudo por onde passa, e destrói, destrói plantação, destrói o roupeiro da tia Yasana, destrói, só sabe destruir. Eu, embaixo da cama, enrolada em niihuuwa e a garganta ardendo da vontade que eu tenho de vomitar, mas não vomito. Não vomito porque nihimaaka me mandou ficar quieta e eu fico quieta porque não sei o que fazer com aquela infestação de pernas verdes e porque não quero sair de baixo da cama, não posso sair de baixo da cama. E acho que não sou tão corajosa quanto nihimaaka, porque nihimaaka está em cima da cama e está gritando com as pernas verdes e se debatendo com as pernas verdes e defendendo a gente. Eu digo pra mim mesma que nihimaaka está defendendo a gente e que não terei que sair de baixo da cama, repito e repito e repito porque não posso gritar e se eu gritar

Nos tempos da libertação, diziam que o sol fecundaria as terras livres de abundância e paz, mas a única paz que os filhos da liberdade conheciam era uma paz encardida de sangue. A única abundância que viam em seus pratos era a falta que faziam os mortos, os deslocados. Sobravam as rezas para o panteão ancestral que se alargava a cada ano, faltavam mãos para o sustento. Nunca se sabia quando a morte bateria à porta, ela tinha tantos rostos, tantos nomes. Às vezes vinha sorridente, quase esperada, levava embora a fome, a malária, o tifo. Chorava a família, mas o morto lhe beijava os lábios e a tirava para dançar agradecendo a visita. Às vezes vinha de tristeza, assim também era bem-vinda. Já havia tantos ao seu lado, chegada a morte, acaba-se a solidão.

O que diriam os sonhos do sete de setembro ao ver um sol apagado na era da liberdade? A independência proibiu que a liberdade virasse costume. Os desiludidos da euforia dos dias da revolução se deram conta de que a luta armada nunca acabou. Mudaram os nomes das guerras, os motivos para atirar, as táticas da guerrilha. A direção do tiro nunca mudou. Já não era possível lembrar o tempo em que a guerra não ameaçava bater à porta. E não dá para dizer que havia um calendário de visitas, era sempre repentina, por mais que esperada. Ou se vivia uma vida sem nunca receber a guerra, ou ela o encontrava passageira em meio à estrada, ou ainda chegava sem anúncio e num único dia fazia o estrago de todas as vidas. A guerra nunca foi o tipo de visita que passasse despercebida.

Se Mikaia nasceu sob sua sombra, foi apenas aos nove anos que a encontrou de frente. Eram cinco os homens que vieram no amanhecer daquele dia, garotos de recados de uma guerra fratricida. Vinham de encomenda, procuravam pela casa de um secretário do bairro de quem muito se andava falando, denunciava gente em troca de favores. E como tinha enriquecido o tal secretário, dizia-se que tinha construído uma mansão de paredes amarelas. Dinheiro sujo do partido, era o que espalhavam os rumores. Falava--se ainda de sua barriga rechonchuda, de como as filhas tinham bochechas redondinhas, dizia-se muito do balanço das ancas de sua mulher. O corpo que não conhece mata--bicho reconhece de olho o peso do pequeno-almoço do outro. Os cochichos sempre se alargavam, os rumores nunca eram inocentes, mas havia mesmo uma casa de alvenaria, teto de zinco e paredes amarelas e havia um secretário e a mulher do secretário fazia jus aos comentários cobiçosos. E foi justo a mulher do secretário a primeira a ser rendida no alvorecer daquele dia.

A casa amarela ainda estava quieta, as crianças ainda dormindo, Shaira varria a sala. Sali se espreguiçava em sua cama. Iana já tinha posto fogo no carvão, e as brasas já começavam a se formar sob o fogareiro quando ela saiu para buscar água para o chá. No poço, estava concentrada na tarefa de puxar o galão cheio para fora, ainda sentia um pouco de sono, não olhava para os lados. A cabeça baixa para ver o que estava fazendo, o tronco para a frente, o rabo empinado para trás. Sentiu alguém pegá-la pelas ancas, achou que era Sali. Quando se ergueu para reclamar da distração, uma mão lhe tapou a boca com força, outra lhe apertou as mamicas. Sentiu um corpo se roçando ao seu, um bafo ofegante no cangote.

— Pena que eu tenho serviço pra fazer — ouviu a presença masculina dizer. A corda escapou de sua mão, o galão cheio tombou no fundo do poço, o peso da água levou junto a corda. Merda, não conseguiria levar água para o chá, foi o que Iana pensou antes de começar a se debater. Movimentava o corpo de um lado para o outro na tentativa de se soltar. Puxava o braço desconhecido para baixo para liberar a boca e poder gritar, cravava as unhas na carne estranha e voltava a fazer força, mas o outro mal se movia e ainda aproveitava os movimentos de Iana para nela se esfregar ainda mais. O homem meteu-lhe a mão por dentro da capulana, a pegou pela xota e a arrastou para longe do poço. Foi apenas aí que ela conseguiu ver o grupo de homens à sua volta. Estacou por um segundo e, então, se debateu com ainda mais força. Jogou o corpo para trás, tirou as pernas do chão e passou a dar chutes em todas as direções. Estava cada vez mais fora de si. Não viu acontecer, só sentiu a pancada na cabeça e desmaiou.

Dentro da casa amarela, Sali estranhou a demora da mulher para voltar com a água. Saiu em seu encalço, chegou ao poço, não encontrou nem Iana, nem o galão. Procurou no entorno, não viu nada. Foi caminhando de volta em direção à casa, chamou Shaira para perguntar da filha. Ainda não havia chegado à porta de entrada. O dia já amanhecido. Shaira vinha com uma vassoura de palha na mão. As meninas tinham acabado de se vestir e sair do quarto, vinham correndo na direção da avó. O primeiro tiro acertou Sali nas costas, na altura das omoplatas. Caiu de joelhos, olhou para Shaira, ela congelada ainda segurando a vassoura. Ele procurou pelas filhas com os olhos. Levou mais um tiro, dessa vez mais próximo da coluna, quando encontrou o olhar arregalado de Mikaia. Ainda ouviu Shaira gritar alguma coisa e depois viu Mikaia correr de volta para o quarto e fechar a porta. Onde estava Simi? Levou uma mão ao peito, forçava a respiração, não doía, só o ar e o som é que não vinham. Shaira gritou mais alguma coisa, já não conseguia diferenciar as palavras. Ele virou a cabeça procurando o que o tinha acertado. Viu um homem com uma catana se aproximar. Então fechou os olhos e não viu mais nada.

Da porta, Shaira se mantinha equilibrada à custa da vassoura. Reconheceu os uniformes, as armas, o jeito debochado de atirar. Quatro homens vestindo uma farda verde vinham na direção da casa; o primeiro atirou, o segundo atirou logo em seguida. Riram, o primeiro atirava melhor do que o segundo. Antes que o terceiro tiro viesse, gritou para que as netas se escondessem. O terceiro tiro não veio. O terceiro homem se aproximou pelas costas do genro. Sali sustentava o peso do corpo com uma das mãos apoiada no chão, a outra segurando o peito, a cabeça pendida para a frente, os olhos fechados. O homem o pegou pelos cabelos, levantou seu rosto para o céu deixando o pescoço à mostra.

— Nata, nata, nata — Shaira gritou antes de a catana ceifar o resto de vida que ainda existia em seu genro. Ouviu um gritinho abafado e só então se deu conta de que Simi não havia se escondido, segurava a boquinha com as duas mãos e chorava um choro seco, olhando para o corpo vermelho do pai.

— Saia daqui — ordenou à neta.

Respirou fundo até encher o peito, sustentou a postura e caminhou na direção dos homens e suas fardas.

— Onde está minha filha? — perguntou para aquele que pôs fim ao genro. Recebeu uma bofetada como resposta.

Não olho pelas janelas no momento da aterrissagem, volto às cegas ao meu país. Quero reconhecer Moçambique do chão, nas miudezas de sua gente, no cotidiano das vidas, na esperança de encontrar minha mãe. Não importa o papel colado em meu passaporte, não sou turista. Não há carimbo que me faça turista. Ao chegar a Nampula sou recebida pela imagem envelhecida de minha avó. Uma senhora baixinha, corpulenta, o mesmo jeito de amarrar o lenço na cabeça, o mesmo passo cambaleante, o mesmo olhar endurecido. Yasana é um sopro de casa, ela sorri assim que deixo a área de desembarque e lhe pergunto como me reconheceu. Acho que foi a mala, ela me responde, divertida. Ela tem uma risada carregada, um jeito alto de falar, chega ocupando espaço, mostrando que está em casa, carrega o mundo nos pés. Ela fala comigo do lugar da minha infância, eu gosto do seu jeito de quem sempre esteve aqui, de quem sempre me manteve aqui. Por um breve momento eu chego a acreditar que nunca deixei Moçambique e, então, saímos do aeroporto e me dou conta do quanto de

Brasil Moçambique vê em mim. O quanto uma mulher arrastando sua mala de rodinhas pelas ruas chama a atenção.

— Tia Yasana, o que tem de tão diferente em minha mala?

— Não é a mala — ela ri —, é você toda.

Eu não entendo, não vejo no que posso ser tão diferente. Acho até que os traços do meu rosto se assemelham aos de Yasana. É boa a sensação de finalmente me reconhecer no rosto de mais alguém. Minha mãe deve ser parecida com minha avó, devo ter puxado minha mãe. Seguimos até uma rotatória próxima ao aeroporto. Tia Yasana me diz que ainda temos algumas horas de estrada pela frente até chegarmos a Nacala-a-Velha.

— E como vamos? — pergunto.

— De chapa.

Uma van apinhada de gente para no final da rotatória, um homem abre as portas laterais e grita Namialo, Monapo, Nacala e Nacala-a-Velha. Tia Yasana me manda subir, não sei por onde começar a enfiar a mim ou minha mala no enlatado automobilístico. O homem que há pouco gritava agora me puxa pelo braço, as pessoas se apertam no banco e consigo me sentar, outro pega minha mala e a enfia em um cantinho embaixo das pernas de uma senhora. Tia Yasana vem logo atrás e consegue um espaço no banco da frente. Todos têm a minha cor, os meus traços. Onde sou tão diferente? O homem fecha a porta, o motorista olhando para a estrada cantarola baixinho algo que reconheço como um sertanejão desses antigos. Até na música nos encontramos, onde sou tão diferente? Não acredito que caiba vivalma a mais nesse negócio, mas ainda paramos muitas vezes na estrada. Tenho sempre a impressão de que sobe mais gente do que desce.

Em Nacala-a-Velha não falta gente para a recepção. Tia Yasana diz que todos já sabem que a prima do exterior voltou, querem me conhecer, saber de mim. O chapa não nos deixa muito longe, caminhamos numa estradinha de chão até chegarmos à casa onde o que me parece uma multidão nos espera. As rodinhas de minha mala levantam poeira atrás de nós. Um rapaz vem correndo em nossa direção, me dá um sorriso, me diz salama, prima, pega minha mala, coloca sobre a cabeça e sai disparado à nossa frente. Perco a mala e o rapaz de vista porque um bando de crianças chega correndo e gritando, e sequer consigo contar quantas são. Uma menina que deve ter uns sete anos se atira em meus braços e segue no meu colo até alcançarmos os outros.

— Tá em casa agora — tia Yasana me diz quando coloco a menina no chão e ajeito minha blusa.

A construção tem paredes de pau a pique, uma portinha de madeira, duas janelinhas e um teto de palha. Olho em volta e, além de muita gente, vejo uns canteiros aqui e ali cercados com redes azuis. Isso e um grande espaço aberto, só ao longe é possível ver outras casinhas exatamente iguais à de tia Yasana. Os jovens e as crianças vão entrando na casa, me puxando pelas mãos, todos me dizem bom dia, salama, ehali. Me conhecem todos de uma vida inteira sem mim. Não sei para quem responder primeiro, para que lado olhar, não sei a medida do sorriso. As crianças são as que mais falam, conversam umas com as outras, dão risadas, correm ao meu redor, mexem no meu cabelo. Eu não entendo nada do que dizem, falam a língua dos meus sonhos e ainda assim não entendo o que dizem.

Então isso é voltar para casa? Desconhecer tudo que deveria ser origem? Do que lembro, família não tem tanta gente, não faz tanto barulho, não me olha tão de perto, não é tão colorida, não se importa com o passado. Família não me faz perguntas e não me dá respostas. Dentro da casa não tem muita coisa, uma mesa de madeira, uma cadeira de plástico escorada na parede, uns cestos, um pilão, três crianças em cima da minha mala, outras quatro penduradas na janela, uma senhora sentada na esteira. Duas jovens passam carregando um fogareiro, o rapaz que carregou minha mala sai de um dos quartos e vai lá para fora. Não vejo homens adultos, mas não pergunto. Tia Yasana me apresenta um por um dos que suponho ser meus parentes, mas não consigo guardar seus nomes. Não estou acostumada a ter família em abundância.

Na casa de banho é onde consigo encontrar um canto para estar só. Ali não há espelho capaz de refletir meu rosto de menina acuada, ridícula em minhas calças jeans e construções de realidade. Trancada sozinha numa casa de banho sem sanita é que me dou conta de que não faço a menor ideia do que vim buscar em Moçambique. Achei que Moçambique seria um cartão-postal preso em meu mural de memórias esquecidas. Agora que estou aqui, não sei o que fazer com a concretude de um lar que em cada cheiro, cor e textura esfrega em minha cara o quão estrangeira sou.

Tia Yasana não estranha que eu tenha aparecido depois de vinte anos sem dar notícias. Quer saber como estão minha irmã e minha avó, me pergunta coisas sobre minha vida e sobre o Brasil. As perguntas que mais se repetem é se estou casada e se tenho filhos, não só da parte de tia Yasana, mas de todos com quem converso. Tia Yasana acha que devo engravidar de uma vez, as crianças enchem as casas. Eu repito o tempo todo que Taú não é meu marido e que ainda não sei se quero ser mãe, mas ela ignora. O bom de estar aqui é que não preciso fingir que me lembro do passado e que reconheço as pessoas, tudo é novidade. O ruim é que sinto medo o tempo inteiro, eu não sei explicar por que todos são tão amáveis comigo.

A pessoa com quem mais converso é tia Yasana porque ela é quem fala mais português. Ela é viúva, mas em sua casa moram as famílias das três irmãs do seu finado marido. Consigo contar umas quinze pessoas. Eu durmo num colchão em cima de uma esteira, no quarto da tia Yasana. Não saio muito da casa, não consigo, alguma coisa lá fora faz com que eu não queira sair. Tenho sempre a impressão de que não é seguro, de que preciso estar agarrada à tia Yasana como a criança que não consegue soltar as barras da saia da mãe. Eu estava tão ansiosa para chegar aqui e encontrar minhas respostas, meu país, e a verdade é que mal tenho vontade de sair do quarto.

Não tenho coragem de fazer perguntas sobre o passado, pelo menos ainda não. As crianças estão sempre ao meu redor, como se o território da infância fosse a única terra que consigo habitar. Elas me dizem bom dia com suas línguas ligeiras cada vez que passam por mim, então ficam entrando e saindo de casa só para poder me dar bom dia de novo e de novo. Não conversam comigo, conversam entre si em emakhuwa. Depois me olham risonhas, divertindo-se com meus ouvidos estrangeiros, meu olhar inalcançável. E eu fico de butuca em suas conversas tentando pescar qualquer coisa de entendimento, mas nem consigo diferenciar as palavras, me sinto criança de novo.

Tia Yasana estranha que não acordo para fazer o salat fajr e ainda mais quando pergunto o que é aquele som esquisito que toca ao meio-dia, às três e às cinco da tarde. É a mesquita, ela me responde como se fosse óbvio e me pergunta se não somos mais muçulmanas. Eu digo que acho que minha avó ainda faz as orações e ela não me faz mais perguntas sobre isso. Não é só a língua que não entendo.

Também não sei o que eu esperava, que chegaria aqui e tudo se encaixaria milagrosamente? Que minha mãe me receberia com uma plaquinha de boas-vindas no aeroporto e que fôssemos juntas tomar sorvete e dizer o quanto estávamos com saudades uma da outra? Que Nacala tivesse cheiro de casa, gosto de casa, iluminação de casa? Tia Yasana está certa, não é minha mala o que estava chamando a atenção na rua em Nampula, sou eu toda, esse rascunho de mulher moçambicana cheia de olhos brasileiros.

Preciso de três dias para aceitar sair de casa. Eu arredia, tia Yasana empolgada que vai me levar para conhecer a praia. Saímos logo cedo, aproveito para me deixar conhecer a paisagem de minha terra natal. O solo é de um tom acobreado, uma coisa entre terra e areia que me faz lembrar dos meus sonhos. As casas são bem espaçadas umas das outras, a maioria de pau a pique. Escorados ao lado de todas elas vejo grandes feixes de palha, que tia Yasana diz ser para a manutenção dos telhados. É bonito. Vejo alguns poços artesianos ao longo do caminho, não muitos, e tia Yasana me diz que o abastecimento de água é a maior dificuldade por aqui.

Quando chegamos a Nacala Porto tudo parece maior, mais novo, mais parecido com o que conheço. As casas são mais próximas e algumas são de alvenaria. Da Cidade Alta é possível ver o porto, foi por ali que fugimos. O porto de Nacala é puro escoamento de mercadorias, não parece um lugar onde uma mulher e duas crianças se encaixariam com facilidade para uma fuga. Sinto um arrepio nas pernas e um frio na espinha ao olhar para os navios ancorados e imaginar minha partida. Procuro me diluir na paisagem, há uma estação flutuante de energia elétrica e, um pouco mais longe, nas águas do Índico, a estação de carvão. Se espicho o olhar para mais além, esbarro de novo no vazio, então volto meus olhos para a terra mais uma vez.

Seguimos até a praia de Fernão Veloso, vejo o canal por onde passam os barcos e é bem estreito, penso que conseguiria atravessá-lo a nado. Sinto algo de familiaridade com Fernão Veloso, qualquer coisa de lar, de pertencimento. Tudo que lembro do cartão-postal de Nacala são as imagens aéreas que vi na internet e ainda assim me sinto confortável o suficiente para tirar o chinelo e colocar os pés na areia, um breve momento em que me sinto de cá.

Deixo minhas coisas com tia Yasana e me atiro no mar de calça jeans e camiseta, mergulho de uma só vez. São tantos azuis nessa praia, me sinto também virando azul, me torno uma coisa só com as águas do Índico. Só então me sinto pronta para revirar o passado. Da praia, tia Yasana me acompanha com olhos, sem se desfazer da capulana e do lenço. Há tanta beleza em suas cores, gosto de observá-la de dentro da água. Vejo um pouco de minha avó, imagino Shaira andando por esses mesmos lugares com duas meninas a tiracolo. Não deve ter usado suas cores, não devia querer chamar a atenção. Imagino sua vida antes da guerra, antes de minha mãe sumir, de termos que fugir. Será que foi feliz? E eu, será que fui feliz aqui?

— O que aconteceu com minha mãe, tia? — pergunto ao sair do mar e me sentar ao seu lado.

— Sabia que era isso que você veio buscar. Ninguém sabe direito.

— Ela tá viva?

— Acho que sim. Soube que ela fugiu pra Ilha, casou lá. Nunca mais vi. Não depois daquele dia.

— Que dia, tia?

— O dia em que mataram seu pai e levaram ela embora.

— Eu quero lembrar o que aconteceu.

— Pois não devia.

— Todo mundo vive me dizendo isso, mas eu preciso. Preciso saber quem eu sou.

— Cê não é o que fizeram com vocês naquele dia, filha.

— Me conta o que a senhora sabe, por favor.

— Sua mãe foi levada pra guerrilha, dizem que tinha um comandante lá que queria ela como esposa. Ela ficou vivendo com esse comandante por alguns anos, já era perto do final da guerra quando ele morreu e sua mãe conseguiu fugir. Foi pra Ilha, todo mundo daqui ia pra Ilha quando queria fugir. Não sei por que vocês foram pra tão longe.

— E como a senhora sabe disso tudo, tia? Como sabe que ela tá viva?

— Eu não sei. Foi uma prima que encontrou sua mãe na Ilha. Disse que ela ainda era bonita. Isso já faz uns anos, mas ela ainda deve tá por lá.

Quanto mais me lembro de mim, menos chego a ser eu. Há uma Mikaia que é dança, presente e euforia. Uma contínua fuga de meus vazios, plena em ausência e segredos. Uma Mikaia que olha para Taú e enxerga nele o escapismo perfeito, a imagem construída de uma mulher realizada. A Mikaia que dança é brasileira em cada fio de cabelo encaracolado, se movimenta graciosa ao som de pianos estrangeiros, não deixa vestígios dos crimes que cometeu em seu passado. Mas há outra da qual pouco me lembro e quanto mais lembro menos acho possível encará-la num espelho. Nacala tem cada vez mais gosto de culpa. Ela se adensa nos gestos de cuidado de tia Yasana, no carinho das crianças, na falta que sinto de um chuveiro com água quente, na vontade de voltar. É difícil engolir minhas projeções mesquinhas, me desconstruo inteira num cotidiano que me toma em seus braços e me diz você é de cá. Sou? Não me sinto de cá. Quero mesmo voltar à casa da infância? Encontrar o túmulo de meus segredos?

    Tenho breves momentos de coragem absoluta e no restante do tempo sou apenas um pedaço medíocre de medo.

Deixo que o desconforto fale mais de mim. Estar em casa deveria trazer a possibilidade de ser mais eu, mas casa é uma palavra que se perdeu em meu dicionário pessoal. Enupa, me ensinou uma das crianças. Enupa é um substantivo feito de paredes, tão vazio quanto eu. Owaani é o que espero encontrar nas ruínas de uma casa amarela, não tão longe da palhota de tia Yasana.

— Há gente morando dentro, é melhor não entrar — ela me diz ainda antes de chegarmos à construção com cara de abandonada. De longe, o que se vê é uma casa comum de alvenaria, não muito grande. Minha garganta começa a embolar quando passamos pelo poço.

— Ainda funciona? — pergunto, apontando para a pequena construção. Não sei por que um poço me chama tamanha atenção, já vi outros.

— Sim, é onde buscamos a água lá de casa.

— Não sabia. É um pouco longe.

— Nem tanto, há quem caminhe mais.

Não sei mais o que dizer, não sei se quero dizer mais. Quanto mais nos aproximamos da casa, mais ruína ela é. O zinco enferrujado em muitas partes, as paredes desbotadas, pedaços de papelão tapam os buracos dos vidros quebrados nas janelas. A porta da frente não fecha, não tem maçaneta, algo a escora pelo lado de dentro. É parecida comigo a casa da infância.

Há uma única marca de tiro próxima à porta de entrada. É apenas um buraco no cimento, poderia ser qualquer coisa, mas é um tiro. Eu ouço o barulho do disparo quando passo os dedos sobre a marca na parede. Um e depois mais outro e um terceiro depois de um tempo. Não há outras marcas no cimento, procuro, mas não há. É mais difícil respirar no espaço da perda. O ar é mais carregado, tem o peso da memória. As lágrimas chegam, me sinto tonta, me escoro na parede baleada para firmar as pernas.

Devo ter batido em alguma coisa, ter feito algum barulho, porque uma menina aparece de trás da porta querendo saber o que fazemos em sua casa. Tia Yasana responde qualquer coisa que não consigo ouvir, não consigo olhar para aquela menina. Não consigo olhar.

nata nata nata escuto os gritos de apiipi a entrar pela ejanela aberta que além de grito e medo deixa entrar luz e calor e um feixe de sol que vai parar bem na cabeceira da ekhaama de nihimaaka que é onde eu fico sentada quando quero brincar de estrela, mas hoje não sou estrela e não quero brincar e não sinto o feixe de sol bater na minha cara e nem me sento na ekhaama de nihimaaka porque me escondo embaixo dela, porque nihimaaka mandou que eu me escondesse e que eu ficasse quieta e eu fico e eu não grito por mais que eu sinta vontade de gritar nata nata nata que nem apiipi ainda grita lá fora. Embaixo da ekhaama eu penso se os alopwana perceberam que eu não estou mais lá fora, no ekintaali, com eles e nihimaaka e apiipi e apaapa e amaana e as suas kapwitthi. Quando entrei na enupa os alopwana estavam ocupados demais descarregando suas kapwitthi em meu apaapa, ocupados demais fazendo o corpo de apaapa virar um rastro de ephome no nosso ekintaali e fazendo apiipi esquecer todas as outras palavras pra ficar gritando nata nata nata sem parar de um jeito que eu ainda consigo escutar mesmo embaixo da ekhaama. Eu fecho os olhos e tapo os ouvidos porque não quero mais ver nem ouvir, mas ainda ouço e ainda vejo o rastro oxeeriya do ephome de meu apaapa manchando o nosso ekintaali e a roupa de amaama e o fundo dos meus olhos, pra sempre os meus olhos. E não quero pensar se apaapa ainda vai levantar porque não escuto mais o som da kapwitthi e se não escuto mais o som é porque apaapa já não pode mais levantar mas talvez ele levante. Tomara que ele levante e se ele levantar tomara que ele espere os alopwana irem embora porque assim os alopwana não vão poder descarregar mais as suas kapwitthi no meu apaapa, que nem aquele bicho que nihimaaka me disse que se faz de morto pra não virar comida de pássaro grande. A voz de apiipi ainda entra pela ejanela, mas o som fica mais baixo e mais baixo e para. E eu imagino se apiipi já não é também um rastro de ephome manchando nosso ekintaali. Ouço os alopwana entrarem em nossa enupa e vejo nihimaaka ser arrastada na direção de nosso ekwartu por um par de pernas verdes e vejo outra fileira de pernas verdes vindo logo atrás como uma infestação de axinama pronta para destruir tudo dentro da nossa enupa tudo dentro de nihimaaka e tudo dentro de mim. Eu já ouvi a palavra ontuphela, eu não sei bem o que ela significa porque ontuphela é palavra que não se explica pra uma mwaarusi de minha idade e nem pra uma mwaarusi de outra idade qualquer porque ontuphela não se explica nem se fala, não se fala na mesa de jantar, não se fala em voz alta nas rodas de conversa, não se fala. Ontuphela é palavra que se ouve com o cantinho do ouvido quando ela escapa do cochicho das mulheres e a gente fica sem saber direito o que significa, mas sabe que ela é ruim. E que é isso que os alopwana fazem, é o que fazem depois que já cansaram de brincar com suas kapwitthi, é o que fazem depois de deixar o seu rastro de ephome no ekintaali da gente, na terra da gente e no coração da gente. E é ruim muito ruim e deixa a gente quebrada depois que acontece. E deve ser por isso que ontuphela é palavra meio proibida, que só se fala em cochicho, porque não pode acontecer, mas acontece. E eu sei que vai acontecer porque sou uma mwaarusi e nihimaaka é uma mwaarusi e é para isso que uma mwaarusi serve nesse tempo de ekhotto. As pernas verdes fecham a porta do ekwartu e atiram nihimaaka em cima da cama e eu já não ouço mais os gritos de apiipi, nem o som das kapwitthi, nem mesmo o respiro que eu tranco atrás da palma da minha mão. Eu ouço as vozes de axinama das pernas verdes, suas palavras pontiagudas e piniquentas, suas risadas de enxofre e os grunhidos que vêm de cima da cama e se enfiam no meu ouvido, descem alisando minha garganta e caem azedos no meu estômago junto com o buraco que eu sinto por estar de barriga vazia e pensar em comida me embrulha ainda mais e me dá ainda mais vontade de vomitar, mas não tem nada lá dentro para ser vomitado e a única coisa que consigo fazer é um barulho dos infernos tentando desengolir todos aqueles sons quando tudo o que eu devia fazer era estar quieta bem quieta de bico fechado enfiada embaixo da ekhaama e não sendo arrastada para fora pelos tornozelos porque fiz barulho demais com o vômito que não consegui expelir

Eu vomito até que não reste mais nada em meu estômago além de arrependimento. O rosto de Simi é tudo que vejo quando fecho os olhos. Uma Simi adulta correndo para me abraçar no hospital, chorando no aeroporto, me pedindo para não lembrar. Uma Simi muda quando chegamos ao Brasil. Uma Simi quebrada em nossa adolescência. Uma Simi criança me puxando pela mão, comendo fruta embaixo do pé, brincando com pneu velho. Uma Simi de sorriso inteiro. Eu já não sei mais o que é um sorriso inteiro. Minha irmã é um pouco mais ou um pouco menos de tudo o que sou. Sempre fomos duas coisas partidas, inteiras apenas em nossas metades.

    Alguém coloca um copo de água em minha mão, mas não consigo beber. Estou sentada no chão, o enjoo não passa. Tento me levantar, mas ainda estou tonta. Não sei como fui parar no chão. Alguém me obriga a beber a água, o sol não me deixa identificar quem é. Vejo o rosto de minha mãe. Levo a mão para tocá-la, mas ela já não está mais ali. Tia Yasana me chama pelo nome, uma, duas, três vezes. Na terceira consigo focar minha visão. Ela me estende a mão e me ajuda a levantar. Entrega o copo para a menina que antes saiu de dentro da casa, há mais uma senhora me olhando assustada. Tia Yasana agradece às duas, diz que vai me levar de volta.

Ainda estou meio tonta, mas já consigo firmar as pernas. Caminhamos entrelaçadas na direção da palhota de tia Yasana.

— Péssima ideia — ela resmunga baixinho. Eu não respondo, me concentro em encher os pulmões e colocar um pé na frente do outro. Meu corpo está pesado. — Quando foi a última vez que seu sangue desceu? — ela me pergunta. Não sei responder, mas a pergunta não faz o menor sentido. Seguimos em silêncio o restante do caminho.

Quando chegamos em casa, ela me deita em sua esteira e me cobre com uma capulana. Diz que é melhor eu dormir um pouco, eu concordo. Estou cansada, sinto meu corpo quente, fico lembrando do rosto de Simi, de minha mãe, de minha avó e depois de Simi mais uma vez. As mulheres de minha linhagem se misturando todas em um rosto só.

O corpo de Sali aos pés de Shaira. Ela conseguiria tocá-lo se desse meio passo para a frente, mas não se abaixou para ver se o genro ainda estava vivo. Nem sequer lhe dirigiu o olhar, mesmo depois da bofetada que levou. Não se moveu, não levou a mão ao rosto, não soltou um gemido de dor. Era só raiva. Sustentou o olhar do homem que a esbofeteou. Não viu Simi congelada diante da porta, assistindo a toda a cena. Não viu os três homens que restavam entrarem na casa amarela e fecharem a porta atrás de sua fome.

— Onde está minha filha? — perguntou mais uma vez.

— A maama quer saber da filhinha — debochou o homem à sua frente. — A maama não tem medo de morrer, não? — passou-lhe a catana nos peitos.

— Não me assusto fácil, já estive nas machambas e já saí de lá.

— Olha, olha. A maama do secretário fugiu das machambas. E como foi que a maama virou cadela do partido? Seu filhinho não quis te tirar de lá?

— Eu não tinha guia de marcha e ele nunca fez nada para descobrir onde eu estava. Agora, onde está minha filha?

-– No camião. Ela vai dá uma ótima esposa pro comandante.

— Me leve no lugar dela.

O homem passou os olhos por todo corpo de Shaira, pareceu considerar a oferta.

— É um belo rabo, mas a encomenda é sua filha. Posso levar a maama junto se quiser, consigo pensar nuns afazeres que vão lhe agradar.

— Deixe minha filha e eu faço o que você quiser.

-– Vamos fazer um acordo. A maama seja bem boazinha e eu não levo as suas netas.

Só então Shaira se deu conta da ausência dos outros três, virou-se para a casa amarela e viu a porta fechada. Só aí voltou a gritar. Nata, nata, nata. Partiu para cima do homem o estapeando, não era uma tentativa de defesa, era apenas desespero. Cortou fundo os braços ao debater-se, mas fez o homem derrubar a catana. Não fez muita diferença, porque ele puxou a arma cruzada no peito e apontou para Shaira, mandou-a ficar quieta. Ela continuou lhe batendo e repetindo nata, nata, nata aos gritos. Ele atirou. Apenas uma vez. O tiro acertou a parede, próximo à porta. Foi o suficiente para que Shaira ficasse quieta. Virou puro ódio.

Com uma única mão o homem abriu os botões da calça e tirou o pau flácido para fora, bateu uma até ficar duro. A outra mão apontando a arma para Shaira. Quando ficou pronto, ordenou que ela se virasse. Se satisfez de encontro à parede, a mão de Shaira em cima da marca do tiro. Quando terminou, puxou o pau para dentro das calças. Segurou Shaira pelos cabelos e bateu sua cabeça no cimento duas vezes. Ela caiu atordoada, ele entrou na casa amarela.

Durmo até a manhã do outro dia, não me lembro de sonhos, mal me lembro de termos voltado. Acordo com o corpo pesado, com a boca seca, com a cabeça estourando. Saio correndo para fora da casa para vomitar mais uma vez, mas o enjoo logo passa. Tia Yasana vem me dar bom dia com uma xícara de chá na mão. Não fala nada, me acolhe apenas com sua presença. Ela é alguém fácil de se gostar. Tia Yasana é perfeita para me ensinar o significado de família, ela está sempre ali, mesmo no silêncio, mesmo na falta.

Tia Yasana me faria querer ficar, mas essa terra me enjoa até os dentes. Sou essa espécie de amnésica sensível a lembranças, cavoucando insistente em busca de um passado, é até patético de imaginar. A verdade é que já nem quero mais recuperar as peças que ainda me faltam. Não quero juntar as que já resgatei, não quero encaixar mais os pedaços. Algumas coisas me chegam embaralhadas. Algumas coisas se repetem, mas sempre de um jeito diferente. Algumas coisas não vêm. Quero perguntar para minha irmã o que é verdade em minha memória, mas sei que essa é a resposta que ela nunca me dará.

Tudo em Nacala me deixa sem ar, as casinhas e seus montes de palha, as crianças brincando, as mulheres ralando o coco para o arroz, os homens chegando do trabalho à noite e depositando seu cansaço nas contas do mpale, as senhoras vendendo carvão, os olhos de tia Yasana que parecem tanto com os da minha avó. Não paro de pensar na casa amarela, no porto, e em minha avó nos levando da casa amarela até o porto. Não sei nada sobre meu pai. Não me lembro. Não me lembro do seu rosto, lembro de sua camisa ensanguentada, mas não me lembro do seu rosto.

Já não posso mais ficar. Quero ir para a Ilha. Sou a infância clamando pelo colo de uma mãe. Tudo em Nacala é uma imensa neblina agourenta. Não sei nada sobre a Ilha, mas ela me cheira a segurança. Em Nacala até as estrelas me dão medo. Sou de novo a Mikaia de nove anos, em busca de uma nova rota de fuga. Talvez a fuga seja meu movimento natural. Penso no que tia Yasana me disse quando estávamos na beira do Índico. Eu não sou o que fizeram comigo, mas também não sei o que sou.

On'hipiti

Há um círculo. Estou deitada no centro do círculo nua os braços protegem os seios os joelhos tocam os braços sou um casulo estou no útero me banho nas águas de minha mãe fecunda. São mornas as águas do Índico e do útero azul de minha mãe. Há um círculo dentro do círculo, sou eu sou o globo um fio de prata sai do meu umbigo circula meu corpo e chega às mãos das mulheres que formam o círculo. Uma teia prateada se tece entre as mulheres e meu umbigo. Elas sangram por entre as pernas ninguém vê o vermelho de eras lhes escorre pelas coxas ninguém nunca vê o ephome escoa até o centro me nutre me faz prenhe de memória de vermelho de ephome no azul do útero de minha mãe.

Ao atravessar a ponte de via única que liga a Ilha ao continente, parte de mim é chegada e a outra é partida. A entrada da Ilha é um caminho sem volta no trilhar das memórias que se misturam em meu sangue, meu fluxo, minhas faltas. Nunca houve momento em que eu soube se estou chegando ou partindo. Sou a própria rota de fuga. Há um toque de colo materno no trilhar sobre as águas do oceano e imagino minha mãe percorrendo o mesmo caminho, depositando no Índico seu sonho de segurança, e a mesma ânsia de encontro que agora carrego em meus olhos enquanto espio lá fora homens e mulheres me acompanhando no movimento de chegada e partida. Seus corpos caminham em meio ao oceano, a água não passa de suas cinturas, estão atentos aos afazeres da pesca, desconhecedores dos vazios que trago dentro de mim. Se esvaem os meus medos nos poucos quilômetros que formam o estreito elo com o continente. Sou expectativa e fuga, assim como minha mãe deve ter sido antes de mim. Já habito essa ilha em antecipação, me agarro à sua ideia de segurança da mesma maneira que me agarraria aos braços da mãe que perdi. Sinto saudades sem conhecê-la. Ao chegar, planto meus pés em seu solo assim como o óvulo fecundo se fixa ao útero na esperança de um dia ser mais do que ruína.

Procuro as coordenadas da pensão que tia Yasana me indicou e, depois de instalada, caminho ao acaso pelas ruas. Não vou sozinha por muito tempo, Moçambique me ensina que não é tempo de ficar só. Todos me dão bom dia quando cruzo com seus olhares, há encanto no jeito macua de dizer bom dia. O dia sempre toca o céu das bocas moçambicanas, já toca meu céu também. Ao me aproximar de uma enorme fortaleza, na ponta norte da ilha, um grupo de meninos me circula e me faz todas as perguntas do mundo. Me tomam por turista e me oferecem desenhos, passeios e colares das miçangas que são pescadas na praia. Não acreditam quando digo que sou moçambicana como eles.

— E mais, sou macua do litoral — repito, com pose de entendida, o que ouvi de tia Yasana, mesmo sem perceber direito o que isso significa.

— Você, nahara? Ih, tás a mentir — um deles me diz, cruzando os braços sobre o peito, colocando as duas mãozinhas embaixo das axilas e levantando os ombros.

Apesar da desconfiança sobre minhas origens, eles me acompanham num passeio pela ilha. Ali é a Fortaleza, e ali o campo de futebol, e a escola. Essa é a primeira mesquita, ó. Aquele ali é o Pontão, a gente só pode ir até aquela placa. Tás a ver? Tem que ter mais de dezesseis para passar dali. Eu me sinto um pouco menos macua e um pouco mais brasileira a cada ponto turístico que me apontam no exercício de me vender sua cidade. Aqui é o museu, se você pagar cem meticais pode ver o livro do Camões dentro de uma coisa de vidro, eu vi uma vez. Não me interesso em comprar bilhetes para atrações turísticas. Quero reivindicar meu lugar de pertença, mas não posso. É bom estar por minha conta, mas percebo que a presença de tia Yasana me ancorava numa terra que ainda não me pertence. É lógico que esses meninos não veem em mim o reflexo de si mesmos. É lógico que não percebem os traços da mesma terra e raiz que correm em nosso sangue. Então seguem me entregando narrativas feitas para ouvidos de consumo. Sabia que Camões morou aqui? Eu pouco me interesso pelos relatos decorados, mas deixo que sigam me falando de pés de maçanicas que nascem em jardins feitos de memória, de templos hindus construídos em cidades muçulmanas, de abismos que separam mundos dentro de uma pequenina ilha.

Eu fico tonta com a confluência de vozes e informações, mas aprecio a companhia dos meninos. Faz sentido que sejam as crianças a me apresentarem a ilha, carrego um olhar tão nascente quanto os seus. Com as crianças posso crescer moçambicana. E entendo agora que não conseguiria fazer isso em Nacala sob o olhar de expectativa de uma família esquecida. Também não conseguiria abraçar o espaço da perda como berço de origem. Preciso dessa distância calculada, dessa solidão povoada por meninos que me regam com histórias e sonhos. Eu preciso renascer em Moçambique, antes que Nacala possa renascer em mim. Os ares da ilha me fazem acreditar na possibilidade do encontro. Comigo, com minha mãe e com minha terra.

Quando vejo, já estamos na ponta sul e a tarde nem vai pela metade. Ilha de Moçambique, então é essa coisinha que deu nome a um país inteiro? É aqui o grande refúgio das guerras? Três quilômetros de extensão atravessados no início de uma tarde? Não deixo de me alegrar com a miudeza do recanto. Em quilometragem tão escassa não deve ser tão difícil encontrar uma mãe.

À noite me sento na mureta de uma casa no cruzamento entre Litine e Areal, já não me assusto mais com a escassa iluminação pública, enxergo melhor desde que cheguei a Moçambique. Não porque no céu da Ilha eu consiga ver Antares e as curvas da abóbada celeste, mas porque tudo o que é construção em mim brilha fosforescente na penumbra das ruelas da cidade macuti. Cada gesto meu revela o rastro incandescente de minhas ausências, vão no encalço de minha sombra a falta de mãe, pai, memória e país. E quando a falta aperta me distraio na convivência com estrelas que descem até as passagens e dançam no meio dos corpos.

No exercício de ser essa coisa entre lugares, observo a vida passar por mim. Enchendo meus olhos de cidade para esconder de meu corpo moçambicano esse desconforto brasileiro de não saber quem sou. Há vida efervescendo por todos os lados, gente conversando, rindo, vendendo e comprando nas calçadas. Jovens escorados nas muretas ouvindo música e debatendo à maneira das grandes metrópoles. Crianças correndo de um lado para o outro na liberdade de um interior. Meninas inventando coreografias em grupinhos de quatro ou cinco. Fico impressionada com suas habilidades corporais. Tenho vontade de me juntar às miúdas, mas me sinto velha demais, distante demais, careta demais no meu corpo de ballet.

Não vejo a moça se aproximar porque estou concentrada nos joelhos das meninas. Levo um susto quando ela me cumprimenta em emakhuwa.

— Mascamolo. Inzinanaa zai? — ela me diz.
— Não percebi.
— Fátima — ela aponta para si mesma e depois repete. — Inzinanaa zai?
— Ah! Mikaia. Eu não falo emakhuwa.
— Vai aprendere. Vakhaani vakhaani.
— Sim.
— Ayo.
— Ayo — repito depois dela, aceitando sua língua como oferta de pertença.
— Ki na passeari — ela diz, e eu dou risada, sem entender nada. Então ela aponta para si mesma novamente e começa a caminhar na minha frente.
— Você...
— Ayo — ela me incentiva e continua dando uns passinhos.
— Você tá passeando? — eu chuto, com trejeitos de quem se desculpa. Ela reage animada, devo ter acertado alguma coisa. Então, ela se senta em minha frente, me ensina novas palavras com gestos, me incentiva a repeti--las, se diverte muito com minhas caretas e mais ainda

quando me engasgo toda antes de conseguir pronunciar fonemas desconhecidos para minhas articulações sonoras. Eu também me divirto e me encho de um contentamento orgulhoso ao me dar conta de que Fátima está a me iniciar na língua de meu sangue.

Depois da língua, de bom grado, ela me oferta a amizade. Sem grandes rituais ou exigências. Impathanaka, ela me diz ao colocar a mão sobre meu ombro e me narrar a história de seu nome. Então, trocamos causos e receitas, como se soubéssemos tudo uma da outra, como se nossas vidas inteiras tivessem se passado sobre o calçamento entre o Litine e o Areal.

Depois de um tempo, outra jovem se aproxima e chama por Fátima.

— Ola inhimaaka — ela me diz e aponta para a moça ao seu lado. Eu entendo.

— Sua irmã, ela é sua irmã.

As duas se despedem com um aceno e saem satisfeitas. Eu descubro uma alegria colossal que se esconde em palavra. Nihimaaka ainda circula em mim, ressoa nos meus cantos escondidos, salta da minha língua para se autopronunciar repleta de pertencimento. Nihimaaka sempre me traz de volta para os sítios onde sou. Acho que, no final das contas, nihimaaka esconde mesmo o mapa de que preciso para me encontrar. Quase esqueço que estou em busca de uma mãe, volto para a pensão com o pensamento em Simi e em como, mesmo em meio ao vazio e à falta, Simi nunca foi ausência.

Escolhemos a ntali florida para amarrar a nkhoyi. É pra dar sorte. Simi segura as duas pontas soltas e puxa até que ela fique bem estendida em dois fios, na altura do meu joelho. Me coloco em posição, o objetivo é pular em cima da nkhoyi e segurá-la com a planta do pé. Vou alternando os pulos e acerto a nkhoyi toda vez, bem do jeito que Simi me ensinou. A primeira sequência é fácil, fico entre os dois fios e preciso usar uma perna só pra pisar em apenas um deles, quatro vezes seguidas. Seguro minha capulana para não me enroscar. Depois preciso pular num rodopio e alternar de um fio a outro, a cada novo pulo. É difícil, mas eu consigo. Eu fico tão feliz em ter acertado que, quando termino a sequência, a primeira coisa que faço é olhar para Simi para ver se ela viu. Ela está pulando, comemorando minha vitória comigo. É a primeira vez que consigo terminar a sequência difícil da pidjonça. Esse é o dia mais feliz da minha vida.

No dia seguinte, encontro Fátima com outras mulheres junto ao coreto em frente ao mercado municipal. Todas elas, de capulana, quimão e lenço combinando nos tons laranja e amarelo, se preparam para uma apresentação. Uma plateia se forma ao redor do pequeno palco coberto, muitos sentados no chão, procurando um bocado de sombra embaixo das árvores. Encontro meu lugar em meio ao público. Há uma enxurrada de cores por todos os lados. Fátima não nota minha presença, está bonita, leva no rosto uma espécie de pó esbranquiçado que ressalta seus traços, ela e todas as outras. Algumas têm o pó em todo o rosto, outras o levam apenas em um lado da face e há aquelas que têm traços em cima das sobrancelhas ou círculos em volta dos olhos. Sinto como se eu devesse entender essa linguagem pintada na pele, mas a única coisa que percebo são meus olhos estrangeiros me distraindo mais uma vez.

 Elas se colocam em três filas, Fátima está bem na frente, com mais duas mulheres ao seu lado. Começam a marcar o ritmo com os pés, um passo para cada lado, depois o movimento dos braços é incorporado. Fátima entoa uma canção que não entendo e as outras a acompanham. Não consigo parar de pensar no quanto são sincrônicas em suas cores. Não demora e ouço a marcação de um tamborzinho de chão e reparo em dois homens com os instrumentos no fundo do palco. O ritmo vem dos pés e não do couro dos tambores, é sempre o do balanço do mar. Os movimentos dos braços vão se diferenciando e ficando mais elaborados. Num momento dançam os ombros, sem nunca deixar de marcar o oceano no pé. Sinto o compasso me subir pela espinha, me envolver a partir das costelas, se espalhar pelos meus ombros, cotovelos e mãos. Meu ritmo cardíaco se altera, quase como se o som nascesse em meu próprio corpo, como se o tufo me chamasse pelo nome.

    O público reage a determinadas partes da canção batendo palmas e comemorando. Um senhor ao meu lado me explica que estão contando a história da ilha. Nunca pensei em guardar a História na dança, mas agora me parece inevitável. Sinto minha própria história se desprender do meu corpo e se desenhar moçambicana, eu quase vejo toda minha vida nos gestos das mulheres à minha frente. É quase palpável. Antes de acabar, uma senhora sai de seu lugar e sobe no palco. Ela brilha em seu lenço e túnica pretos no meio de ondas laranja e amarelas. Ninguém censura sua participação, as mulheres a acolhem como parte do grupo. Ela sabe os passos e a canção, todos sabem, todos fazem parte. Às vezes até eu.

    Eu gosto de me misturar naquele horizonte colorido. Gosto de como todos conversam comigo e se alegram com minha presença. Não se importam que eu seja feita da falta, não se importam com aquilo que eu quase alcanço. Pode se achegar, é o que me dizem nos olhos e nos gestos, e eu me achego como não lembro de ter feito antes. Vejo dança, cor e ruína por todos os lados. Sou a senhora em sua túnica preta em meio às dançarinas em laranja e amarelo. Sou diferença e semelhança habitando o mesmo corpo. Não sei nada do tufo, mas ele é casa e eu sou dança.

À tarde, encontro os meninos na praia da Fortaleza. Acho que reconhecem meu olhar verde de criança, se identificam comigo, me adotam à sua maneira. Observo suas brincadeiras na beira do mar, jogam bola, se atiram na areia, correm atrás uns dos outros e quando cansam sentam-se ao meu lado, me pedem para comprar doces e me enchem de perguntas. Sempre me enchem de perguntas. Não percebem como posso ser de cá se falo tão diferente, se visto tão diferente, se caminho tão diferente. Conto-lhes que fui embora há muito tempo, desaprendi como é ser de cá e eles me dizem que vão me ensinar.

Então passam a apontar para coisas ao redor e nomear substantivos: epareya, nzuwa, neeku, nakhuku. A pertença deve residir na língua, pois são palavras o que todos me oferecem. Eu as aceito, e as repito até decorá-las. Depois desenho com elas o mapa de minha vida e as esqueço, como já esqueci de mim. Quando os meninos cansam de ser professores, viram contadores de histórias, me falam dos portugueses, do tráfico de escravos, das assombrações de Vasco da Gama e Luís de Camões, dos espíritos que construíram a Fortaleza. Mas já não são mais as histórias ofertadas aos turistas, é a visão traquina de quem compartilha uma infância. E quando cansam de ser narradores voltam a me fazer perguntas, e é só aí que digo que estou a procurar minha mãe. Todos eles se interessam por mães perdidas, arregalam os olhos e chegam mais perto para ouvir o que tenho a dizer, é minha vez de me tornar contadora de histórias.

As crianças se vestem de elo e dialogam com meu passado esquecido, me visto de miúda quando estou em sua companhia. Além do mais, são os miúdos os que melhor circulam entre as camadas dessa pequenina ilha. Descubro que há mundos diferentes entre a cidade de pedra e a cidade macuti. Se eu quiser encontrar minha mãe terei que me embrenhar na cidade macuti, mas é a cidade de pedra que fala português. A ilha sou eu, esse espaço reduzido feito de contraste e destroços.

Os meninos me prometem que vão procurar pistas sobre minha mãe, perguntar em suas casas, buscar por rastros e vestígios. Seria bom ter algum indício porque a verdade é que não sei nem por onde começar, tampouco tenho certeza se estou preparada para começar. Até agora não sei nada além de que metade da ilha veio para cá para fugir da guerra. Não é um bom ponto de partida. Espero que Fátima saiba alguma coisa, nos falamos brevemente depois da apresentação do tufo. Conversamos sobre danças e saudades. Ao descobrir que também sou bailarina, ela se diverte, depois me mede desconfiada e ri ao me dizer que ainda vai me mostrar o que é dança de verdade.

Parte de mim acha boa essa falta de pistas e caminhos. Parte de mim quer se prolongar, brincar com as crianças na praia, assistir ao pôr do sol, aprender a usar capulana. Esse pedaço de mim ensaia palavras em emakhuwa quando ninguém está olhando e fecha os olhos ao escutar o chamado da mesquita. Uma parte de mim se refaz no dia a dia dessa ilha, no som das motocicletas, no crocitar dos corvos, na luz do farol de Goa. E outra parte, uma pequena parte de mim, tem medo de que esse sopro de paz vá embora se eu encontrar minha mãe.

Apiipi me dá meu primeiro mussiro, meu, todinho meu. Eu mal consigo me conter de alegria. Simi diz que sou muito nova pra usar mussiro. Ela, que é mais velha, ainda não tem um só dela. Mulher precisa usar mussiro, eu digo, ela não entende. Quero que minha wuula desça logo pra que eu possa participar dos ritos e ser mulher. Deve ser tão legal ser mulher. A wuula de nihimaaka também não veio ainda. Às vezes fico preocupada porque nihimaaka parece que não quer fazer os ritos. Ela nem gosta de conversar sobre o assunto. Será que ela não tem curiosidade de saber o que acontece lá? Às vezes acho que se a wuula de nihimaaka descer ela não vai nem contar, mas amaama vai perceber na capulana, não tem como não perceber. Apiipi vai me ensinar a usar o mussiro, eu já vi amaama fazendo, mas quero aprender direitinho, do jeito que é. Apiipi enche o copo de água e coloca o galho do mussiro dentro. Aí bota a pedra no chão, molha a pedra também. Pega o mussiro de dentro do copo e raspa na pedra com movimentos circulares. Ela me manda fazer um pouco, eu preciso de muita força pra raspar o mussiro na pedra, mas pego o jeito. Quando tá pronto, apiipi passa as costas do dedo indicador na pedra e pega o mussiro pra passar no meu rosto. E é isso. Tô de mussiro, meu mussiro, tô linda.

A cada dia penso mais e sinto menos o Brasil. Como se o Brasil fosse se tornando coisa, uma categoria de análise de quem sou, uma caixinha de coleta de dados e apontamentos de minha história. Uma realidade distante, ainda que presente em cada estranhamento, mas mesmo os estranhamentos vão diminuindo e com eles minhas saudades e minhas divisões. Não tenho notícias de minha família, ou de Taú, também não sinto vontade de dar notícias a ninguém. Penso em nihimaaka todo o tempo, mas não tenho espaço para sentir nada além desse presente saturado de lembranças. Por vezes é como se eu mal tivesse espaço para a própria busca, me divido incessante entre querer o encontro materno e temê-lo a cada passo. E, assim, vou me ocupando por Moçambique, da mesma maneira que os casarões foram ocupados pelos refugiados que acreditaram que, atrás das espessas paredes de pedra-queijo e cal, estariam escondidos do bafo da guerra. Inclusive minha mãe. Mas o bafo guerrilheiro é corrosivo e as paredes, antes sólidas, vão se desmanchando, brotam raízes das rachaduras e se espalham alimentadas pelo cal. Os casarões não levam muitos anos para se tornarem ruínas esplendorosas em sua arquitetura perecível, há muitas espalhadas pela ilha. A cidade de pedra é um cemitério do anseio de grandeza português. Pelas ruas vejo uma ilha ocupada pelo medo e pela ausência, levo em mim a mesma argamassa de seiva e cinza. E aos poucos vou reconhecendo o cheiro da falta exalado das paredes das construções e dos corpos das pessoas. É por isso que os meninos arregalam os olhos enquanto falo de minha mãe, é por isso que Fátima me entrega sua amizade de bom grado sem me pedir antecedentes. Eles reconhecem em mim o mesmo cheiro de vazio. Somos todos feitos da falta e eu quase sinto completude nessa falta compartilhada.

Quando pergunto, ninguém conhece a guerra, a ilha toda não conhece a guerra. As pessoas vieram para cá porque aqui não há guerra, é o que me dizem repetidamente. Mas o refúgio já é a guerra, e a superpopulação, e a falta de comida, e os casarões abandonados ao raiar de uma independência tardia. A ilha não conhece uma guerra, conhece todas elas. E aos poucos vou aprendendo a enxergá-las nos silêncios, meus mesmos silêncios.

Não descubro nada sobre minha mãe no passar dos dias, mas encontro filhas sem mães, netas sem avós, pais sem filhos. Toda família se reconstrói à sua maneira, em sua própria configuração daquilo que sobrou. Descubro que a ilha foi tombada como patrimônio mundial faz uns quinze anos e por isso as pessoas que ocupavam os casarões da cidade de pedra tiveram que abandonar suas casas mais uma vez. Muitos vieram morar com os parentes na cidade macuti, outros conseguiram uma palhota no continente, de outros tantos não se têm rastros. Temo que minha mãe esteja neste último grupo, acho que ela não quer ser encontrada. Ao mesmo tempo me pergunto o que eu faria se a encontrasse agora no meio da rua dos Combatentes, lhe entregaria um abraço e iria embora mais uma vez? Acho que não quero encontrá-la, então me firmo na junção entre o encontro e a fuga.

Os meninos decidem me levar para o que chamaram de uma aula de dança. Chegamos a um quintal apinhado de adolescentes, ouço uma batida eletrônica no último volume que vem de trás da casa. Não é o que eu esperava. Vamos entrando mais fundo no quintal e encontro as bailarinas, são muitas e se revezam no palco, que é o centro de um círculo formado por elas mesmas. Seis estão praticando suas coreografias, elas não perdem a concentração quando nos aproximamos, mas as outras encaram a mim e aos meninos por invadirmos seu território. Pergunto se posso ficar e assistir, elas me dizem que sim. Ficamos, os meninos se diluem entre as garotas e em pouco tempo já estão batendo palmas e imitando os movimentos de seus braços.

O eixo de todo movimento se esconde em algum lugar entre os quadris e os joelhos, justo as partes de meu corpo que me obrigo a não libertar. No ballet sou alinhada, sempre alinhada. Elas de pés descalços, algumas de saias e shorts, outras de capulanas, umas de camiseta, outras com tops curtinhos. Eu sentindo a falta de um collant e sapatilhas. Há ainda, na plateia improvisada, aquelas que vestem véus até o joelho. Se misturam todas em sua diversidade complementar. São as mais velhas que estão dançando, garotas ainda, mas bem mulheres na consciência de seus corpos. Todas têm ritmo, desde as que estão no centro se apresentando até as miudinhas que as imitam fora do círculo. Mesmo os meninos, que a princípio não pareciam bem-vindos, se misturam a elas em naturalidade e alegria.

Ao final da música, um deles invade o centro da roda e me chama. Fica repetindo, ela é dançarina, ela é dançarina. Eu digo não, os meninos insistem, eu continuo dizendo que não, as meninas me puxam pela mão para o centro. Digo que não danço como elas, minha dança é diferente. Elas não se importam, me deixam sozinha no meio do círculo e esperam por uma apresentação. Uma nova música começa a tocar, na mesma batida da anterior. Meu corpo resiste, é incômodo pensar que sou apenas uma bailarina de ensaios. Tiro os chinelos e os jogo para fora da roda. Deixo meu corpo responder às batidas sem abandonar o ballet. É desconexo, mas agradável, sentir a rigidez de posturas calculadas sendo desafiada pela soberania do ritmo. Deixo as articulações dos punhos e cotovelos se soltarem como engrenagens que voltam a receber óleo depois de muito tempo enferrujadas. Combato as linhas dos meus braços; o ballet se trata de linhas, continuidade e maestria. Não me lembro qual foi a última vez que percebi um agudo nos meus cotovelos. Aprendo que há também maestria nas quebras, me divirto redescobrindo meu corpo dançante.

Sou a criança que renasce a partir do gesto, cartografo os movimentos de minha memória percorrendo minhas veias, me explorando desde o pulso e se espalhando dos pulmões até as extremidades e de volta ao centro até me alcançar o ventre.

Nem reparo nos meninos rindo aos litros de minha composição pouco harmônica. As garotas também não parecem se importar porque no meio da música vêm me fazer companhia no centro do círculo, interagem comigo, se encaixam em meus movimentos, ou lhes dão continuidade. Têm competências corporais que eu não tenho, me desafiam a descobrir novos músculos, a movimentar novas articulações, a pensar novas possibilidades para ser dança. Olho para seus rostos de meninas e me sinto trocando de lugar com minhas alunas. Então me deixo ser aprendiz e liberdade até que minhas pernas cansem e meu fôlego falte. E, então, continuo mais um pouco e sou toda liberdade, deixo o ritmo tomar conta do meu corpo, se concentrar em meu peito, depois descer até o ventre, revirar minhas entranhas e me fazer golfar no centro da roda.

estou em frente ao espelho é meu corpo menina no reflexo das pupilas de minha mãe, estou na fogueira é o corpo gestante de minha mãe dançando em onda no crepitar das chamas de minha avó, sou semente passo rodopiando de mão em mão na ciranda de minha linhagem anoiteço segredo entalada na garganta de minha irmã e germino afluente nas águas de meu país, carrego as danças do mundo inteiro no meu umbigo criança dentro do espelho

Eu me empolgo tanto com as meninas que desafio Fátima a me mostrar o que é dança. Ela acha graça do meu tom de confronto enrustido. Eu imagino que ela vá me vestir uma capulana, me levar para uma sala com um grupo de tufo, me contar histórias de suas avós e me encher de misticismos e de seus significados, mas ela me leva para um boteco, uma danceteria improvisada. É uma construção de bambu com telhado de palha na beira da praia. O lugar ainda está vazio quando chegamos, então nos sentamos do lado de fora na areia. Vejo muitas luzinhas flutuando acima do mar. São os homens pescando na baixa da maré. Até na pesca há dança, penso com meus olhos cheios de deslumbramento.

Fátima é de cá, da Ilha, mas a avó é de Nacala. Diz ela que a avó conheceu muita gente que fugiu da guerra, talvez saiba alguma coisa sobre minha mãe. Meu peito se acende feito as lanterninhas lá na areia. Fátima vive no Areal, com a irmã e o cunhado, os sobrinhos e os filhos, além da avó. Perdeu a mãe para o tifo e o pai viajou para fazer um serviço e nunca voltou. Ninguém sabe o que aconteceu, ninguém nunca soube. Com muita gente foi assim, as pessoas viajavam, nunca mais eram vistas. Quero perguntar mais de suas ausências, mas hesito. Ela disfarça uma animação repentina, me diz que amanhã pode me levar para conhecer sua avó e me convida para entrarmos.

O volume da música chega a machucar o tímpano, o casebre já está lotado, luzes coloridas piscam sobre as nossas cabeças, todos estão na pista. Homens, mulheres, jovens que descem o quadril até o chão e são acompanhados por senhores. Não há idade nos compassos, não há gêneros ou tabus nos movimentos. Há dança, sensorialidade compartilhada, cada um em seu próprio compasso e todos juntos em energia. Há também uma pitada de desafio. Distribuídos pela pista formam-se rodas, numa espécie de pequeno campo de batalha, sempre com alguém no centro demonstrando suas habilidades. Os que não estão dançando incentivam os outros gritando mata, mata, mata, com os braços erguidos e em tom de afronta. Depois riem, se abraçam e se revezam no centro. Uma disputa de corpos onde todos são vencedores em complementariedade.

Fátima me chama para entrar numa roda, eu vou, mas deixo que ela reluza no centro. É a rainha da danceteria com sua coroa cacheada. Eu a admiro com meus olhos de aprendiz. A roda se abre permitindo que ela tome seu posto em sua corte. Ela se movimenta com graça e quebras, vai muito além das linhas. Transforma seus gestos em assinaturas de personalidade. É uma grande bailarina, nem é preciso ser especialista para notar. Ela dança virada para mim, encara o fundo do meu olho e me pede para dançar também. Enfrenta o ballet que me habita, me chama para o combate, de início eu declino a batalha. Quero ser plateia em sua corte, aprender com os rastros de luz que ficam para trás de seus movimentos, mas ela não está satisfeita. Vem na minha direção, para a centímetros do meu rosto e brilha, alarga o sorriso como quem diz vem ser dança junto comigo. Eu entro na sincronia da batida com meus ombros e solto um pouco o quadril. Ela se alegra, comemora. Faço com o punho e os dedos o desenho do compasso, depois trago o ombro para o conjunto, alterno entre fluxo e quebra. Ela fica do meu lado e me acompanha em cinesia, mais uma vez eu ouço meu nome ressoando na batida, na sincronia dos corpos, sou mais Mikaia em cada gesto.

— Assim, o movimento da alma — ela me diz e eu percebo. A dança que encontro na Ilha não faz parte da vida, mas é a própria vida. É puro presente, desnudo minha alma através de meu corpo. Vejo Fátima e ela me vê, através de todas as nossas camadas de significados, através de nossos passados escondidos, de nossas ausências compartilhadas. Vemos uma à outra. Passeio o olhar pelos corpos dançantes, os vejo, nos vemos todos e já não sou mais só.

A avó de Fátima carrega a história de uma região assolada por duas guerras escrita em suas linhas de expressão. Seu rosto me conta o que ela não me fala. Sim, é possível que tenha conhecido minha mãe. Conheceu muitas das mulheres que encontraram na ilha seu cessar-fogo, poucas ainda estão cá. Ela busca na memória por nomes antigos de amigas, conhecidas, parceiras de sobrevivência no pequeno espaço insular, mas não encontra nenhuma Iana. É possível que a tenha conhecido por outro nome. Aqui no norte temos os nomes de casa, ela me explica, são nossos nomes de força. Quando vamos para a escola precisamos de outros nomes para serem pronunciados pelas bocas distantes. Ao se fugir de uma guerra é seguro escolher um novo nome. Talvez minha mãe tenha se refeito no nome e não na terra.

Entrego para a senhora em minha frente os escassos detalhes que possuo sobre minha própria mãe. Há algo que a faz lembrar de uma mulher que viveu cá por alguns anos, tinha um marido político. Não falava com muita gente, não se deixava conhecer. Andava sempre vestida de quimão e capulana azuis, sempre à beira da praia, mas nunca entrava na água. Nunca mostrava o corpo, uns diziam que era por causa da religião, outros que escondia cicatrizes de xibalo nas costas, outros ainda acreditavam que o que ela cobria eram escamas. Era gentil. Ninguém nunca soube de onde ela fugiu, mas sabiam para onde fugiu. Primeiro para o casamento com o político, depois para a Ilha. Todos os caminhos sempre levam à Ilha. Um dia essa mulher sumiu, deixou o político e voltou para o mar. Alguns de nós são parentes de peixe grande, alguns de nós vêm do mar e quando conhecem os sofrimentos da terra voltam para o Índico, voltam para sua casa líquida. Os vincos do rosto da mama me dizem que foi isso que aconteceu com minha mãe. Voltou para o mar depois de consumida pela dor dessa terra de homens.

Eu não consigo absorver direito as palavras que Fátima traduz, acho que alguma coisa está a se perder na tradução. Talvez faltem palavras no português, talvez eu não tenha percebido direito. Mas Fátima me diz que sua avó foi categórica, eu tenho rosto de parente de peixe grande, tenho a marca do oceano no fundo dos olhos. Algo se revira no meu ventre. Ela tem certeza de que a mulher que voltou para o mar era minha mãe. Eu sinto a náusea me subir pelo esôfago. Estou prestes a me levantar, sair porta afora dizendo que isso tudo é bobagem, então me lembro de meu bisavô narrota e de que não é a primeira vez que escuto lendas de famílias vivendo no oceano. E lembro ainda de que nunca pude comer peixe grande quando era menina, lembro de apiipi me contando histórias do fundo do Índico e me ensinando formas de encontrar palavras nos ventos marítimos.

Perco o fôlego e o equilíbrio, preciso encontrar um canto onde possa estar sozinha e me convencer de que nada disso faz sentido. Então me levanto, agradeço pela conversa e pela cordialidade e digo que está na minha hora, mas antes de alcançar a porta sinto uma nova tontura e preciso me apoiar em alguma coisa para me manter em pé.

— Ori ni eruculu? — a pergunta da mama me alcança nesse momento.

— O que foi que ela disse?

— Perguntou se você está grávida.

Quando dou por mim mais uma vez já estou na praia da Fortaleza, com a água na altura dos joelhos. Está uma temperatura agradável, a maré tão baixa que é possível chegar ao Pontão caminhando pela areia, a praia vazia, meu peito cheio. Observo as nuvens sobre minha cabeça como se fosse eu a me mover frente a um céu firme. Estou com as duas mãos no ventre e tudo em mim confirma que é verdade. Apenas não me permiti ver os sinais antes, mas eles estão aqui nos meus seios, no meu sangue e nos meus sonhos.

Caminho em direção ao fundo, deixo a água salgada acarinhar meu ventre, imagino meu útero se enchendo de forças do oceano. Deixo que a água alcance o peito que escondo atrás dos seios e lavar a dor de minhas memórias. Mergulho, me entrego. A terra que eu buscava é azul. Abro os braços e me deito numa cama feita de séculos de lágrimas esquecidas. Atravesso o oceano boiando em dores silenciadas, encontro Taú que me abraça, encontro minha avó plantando girassóis, encontro o sal de nihimaaka e ele tem o mesmo gosto do oceano, encontro a mim mesma e já não me reconheço. Mergulho. Vejo o rosto abandonado de minha mãe, depois seu movimento de me estender a mão, alcanço a ponta de seus dedos, ela me puxa, me toma e me coloca em seu colo líquido. Sinto seu toque perdido em minha pele, recebo o aconchego materno. Choro as águas de três vidas, deixo que se misturem com todas as que vieram antes de mim. Sinto a vida preencher meu ventre. Emerjo, sinto o ar encher meus pulmões, vejo o sol se pôr atrás do Pontão mais uma vez. Estou pronta para voltar.

Glossário

O emakhuwa-enahara é uma variante regional da língua emakhuwa falada na província de Nampula, ao norte de Moçambique. Caracteriza-se por uma maior influência do árabe, do swahili e, mais recentemente, do português. Seus falantes vivem, em sua maioria, na zona litoral — nos distritos da Ilha de Moçambique, Mossuril, Nacala Porto e em alguns bairros da cidade de Nampula. A grafia das palavras em emakhuwa-enahara utilizadas neste livro seguiu a padronização da Sociedade Internacional de Linguística (SIL — Moçambique). O emakhuwa é a segunda língua mais falada em Moçambique. Há outras variantes, e outras grafias podem ser encontradas.

achimaama/mamanas [plural]: comumente usado no sentido de senhora, para se referir a uma mulher mais velha. A variação de grafias faz referência à região de origem de quem fala. O mesmo ocorre com os termos **mama** e **maama**.

akuulu: tia (irmã mais velha da mãe).

amaama: mãe.

amuzi: família.

apaapa: pai.

apiipi: avó.

axinama: inseto.

ayo: sim.

banana: brincadeira infantil semelhante à queimada.

caril: prato típico de Moçambique, é uma espécie de cozido, feito geralmente com frango, carne ou peixe.

dhow: barco costeiro de origem árabe, com vela latina.

ehali: oi, olá.

ejanela: janela.

ekhaama: cama.

ekhotto: guerra.

ekintaali: quintal.

ekwartu: quarto.

enupa: casa.

epareya: mar.

ephome: sangue.

feijão-nhemba: *Vigna unguiculata*, feijão-de-corda.

feijão-oloko: *Vigna radiata*, feijão-moyashi, ou feijão-da-
-china.

gatos pretos: assim chamados em alusão à cor de suas fardas, eram reeducandos (presos) escolhidos para assessorar os guardas dos campos, exerciam as piores tarefas de repressão.

impathanaka: minha amiga.

inzinanaa zai?: qual seu nome?

jirasole: girassol.

kapwitthi: arma de fogo.

khuneetthu: vazio.

ki na passeari: eu estou passeando.

koxukhuro: obrigado.

maçanica: fruto abundante no norte de Moçambique, agridoce, semelhante a uma maçã muito pequena, muito usado em compota.

machamba: local onde são plantados vegetais; lavoura, quinta, horta.

macuti: material tradicional de construção, consistindo em tiras de folhas de coqueiro espalmadas.

mascamolo: bom dia, boa tarde, boa noite.

mata, mata, mata: usado da mesma forma que usamos "chão, chão, chão". Trata-se de um coro de incentivo, mas também é um pouco competitivo; algo como um "arrasa".

mata-bicho/mata-bichar: café da manhã; tomar o café da manhã.

matope: pau a pique.

mooro: fogo.

mpale: mais conhecido como **ntxuva**, é o "xadrez africano" — um jogo de raciocínio e estratégia composto por um tabuleiro com várias concavidades e peças que podem ser sementes ou pedras.

mussiro: planta medicinal, tradicionalmente usada pelas mulheres macuas tanto como elemento cultural e identitário quanto para o embelezamento e o rejuvenescimento da pele.

mwaarusi/acharusse: menina/meninas; também pode ser usado no sentido de moça, jovem.

mwana/anamuane: criança/crianças.

nahara: refere-se à etnia; os nahara são os macua do litoral. Usamos enahara quando estamos nos referindo à língua. Enahara se traduziria como "falante de nahara". O mesmo acontece com macua e emakhuwa. Macua (grafia mais recorrente) é a etnia, e emakhuwa, os falantes da língua.

nakhuku: corvo.

narrota: mestre do mar, geralmente um pescador ou um barqueiro com muitos anos de experiência; por sua sabedoria, torna-se um homem respeitado na comunidade.

nata: não.

neeku: nuvem.

nihimaaka: meu irmão/minha irmã (irmãos do mesmo sexo).

niihuuwa: casulo.

niworoxa: estrela cadente.

nkhoyi: corda.

nlapa: embondeiro/baobá.

nlopwana/alopwana: homem/homens.

n'nakala?: será que vamos sobreviver? "O nome original do território de Nacala é Minguri, que era o nome de uma espécie de árvore (já desaparecida) do distrito e que abundava na zona costeira deste território e servia de refúgio.

Os primeiros habitantes da zona depararam-se com inúmeras dificuldades devido à presença de animais ferozes, sobretudo, leões, leopardos, cobras venenosas e mosquitos que os atacavam sem piedade. Perante tantas dificuldades, as pessoas costumavam interrogar-se usando a expressão 'N'nakala?'. Na língua materna emakhuwa, isto significava — será que vamos sobreviver?

Com a chegada dos portugueses ao território, em 1914, as populações ficaram bastante receosas com a presença dos estrangeiros e repetiam incessantemente — 'N'nakala?'. Daí que os portugueses passaram a denominar aquele território de Nacala." (Ministério da Administração Estatal. *Perfil do distrito de Nacala — Província de Nampula*. Maputo: República de Moçambique, 2012, p. 6.)

nnepha: espírito da morte.

ntali: árvore.

ntekhu: cordão umbilical.

nzuwa: sol.

ola inhimaaka: esta é minha irmã.

oliyala: esquecer.

On'hipiti: Ilha de Moçambique. Pode ser traduzido como "estamos na ilha", mas também carrega uma conotação de esconderijo, segurança.

ontuphela: violentar.

oominyala: corajosa.

otteela: branco.

owaani: lar.

oxeeriya: vermelho.

phazira: espécie de cabana feita pelas mulheres com tecido de capulanas para cobrir um espaço sagrado.

pidjonça: brincadeira infantil semelhante a pular elástico.

piri-piri: pimenta.

rassemblement: o espaço central dos campos de reeducação. O termo foi importado da Argélia, onde os guerrilheiros das Frelimo receberam treinamento militar, na década de 1970.

quimão: blusa tradicional feita de capulana. O traje tradicional completo é constituído de capulana amarrada à cintura, quimão e lenço.

rebuçado: bala, doce.

salama: do árabe Salaam Aleikum, que a paz esteja convosco; cumprimento corrente.

salat: as cinco orações públicas que cada muçulmano deve fazer diariamente.

salat fajr: como um dia islâmico começa ao pôr do sol, a oração fajr é tecnicamente a terceira do dia. Se contada a partir da meia-noite, geralmente é a primeira.

suruma: maconha.

tocossado: caril (cozido) feito com peixe, tomate e manga.

tufo: dança típica do litoral, da região de Nampula.

vakhaani vakhaani: pouco a pouco.

wupuwela: lembrar.

wuula: menstruação.

wuunuwa: crescer.

xibalo: regime de trabalho forçado temporário instituído pela administração colonial portuguesa. O termo virou sinônimo para chicote, açoite.

xima: um dos pratos mais populares de Moçambique. Feito à base de farinha de milho ou mandioca.

Agradecimentos

Todo livro é feito de gente, muita gente, muito afeto e incentivo. Há uma multidão transcontinental nos bastidores de *Mikaia* que preciso reverenciar.

De partida, porque nada seria possível não fossem eles, agradeço aos meus pais, Gilberto e Helena, meus irmãos Viviane e Zico (in memoriam) e meu sobrinho Luiz Gustavo. Essa família que é a terra de onde germina tudo que sou.

Doy gracias a Ángela Cuartas y María Elena Morán, mis hermanitas; a Davi Boaventura — amigo, sócio, fotógrafo e agente editorial não pago, como diz La Fúria —, pelas trocas, leituras, enquetes e, sobretudo, pela parceria e confiança.

Agradeço aos professores que foram fundamentais no caminho de *Mikaia*: Rogério Rosa, Charles Kiefer, Luiz Antonio de Assis Brasil, Marçal de Menezes Paredes e Ricardo Barberena.

Sou infinitamente grata às primeiras leituras de Altair Martins, Amilcar Bettega, Charles Monteiro, Gustavo Czekster, Jane Tutikian, José Eduardo Agualusa e Moisés Nascimento. Seus apontamentos foram de um cuidado e de uma generosidade que ainda me emocionam. Assim como os valorosos comentários de Ana Lúcia Tettamanzy e Paulo Ricardo Kralik nos primeiros esboços.

Aos amigos e escritores Arthur Telló, Andrezza Postay, Stefanie Sande, Sara Albuquerque, Maria Williane, Harini Kanesiro, Annie Müller, Julia Dantas, Camila Maccari, Juliana Milman Cervo, Cacá Joanello, Fred Linardi, Moema Vilela, a todo o grupo Cartografias Narrativas em Língua Portuguesa, ao Chico Toucinho, a toda a minha turma da Oficina de Criação Literária do Assis e aos demais colegas e professores da PUCRS, por criarem esse ambiente extraordinário e pela imensa torcida.

A Sama Ramos e Carolina Rosa, pela amizade e por responderem a minhas dúvidas sobre anatomia e a mecânica dos partos. A Rita Barth Bertotto, por me ajudar a me entender. A Beatriz Pereira da Silva, por acreditar em mim desde 2008.2. A Artur Leal, por acreditar.

Agradeço aos amigos e colegas da disciplina História da África de Língua Portuguesa, em especial a Jeferson Tenório, João Bortolotti, Júlia Monticeli e Pedro Barbosa pelos debates e pelo auxílio com referências bibliográficas e com os trâmites da viagem. Sobretudo a Celestino Taperero, por fazer a ponte com a UniLúrio.

Na Ilha de Moçambique, agradeço à Universidade Lúrio através do professor Camilo Francisco Cuna, então diretor da Faculdade de Ciências Sociais e Humanas, por me receber e, sobretudo, pelo cuidado paterno que teve comigo já na chegada a Nampula. Ao GACIM e ao professor Cláudio Zunguene e família, pela amizade e pelo apoio.

Às pessoas amadas que em pouco tempo fizeram da Ilha parte de mim: a Helena, Mamy e família, por terem me adotado. Aos tios que ganhei, Amade e Mustafa Ismael. A dona Kero e família, por me abrigar. Ao sheik Hafiz Jamu, pelas tantas conversas, entrevistas e ensinamentos. A Zeyd Abdul Rahimo, querido amigo, pelas conversas, entrevistas e traduções de emakhuwa. Aos meninos que me acompanharam todos os dias por todos os cantos, entre eles: Fabito, Abiduli, Zunguza, Sufito, Gabriel e Faustino. Aos tantos amigos que fizeram com que eu me sentisse de cá, e vivem me dizendo que hei de voltar.

Em Maputo, agradeço à Universidade Pedagógica de Moçambique e ao professor Carlos Mussa pelos contatos e a disponibilidade. A Jocza, Expedito Araújo, Mariana Buttles e à Associação de Escritores Moçambicanos.

Por fim, toda minha gratidão ao Sesc e à Editora Record pela calorosa acolhida e por levarem *Mikaia* para o mundo.

Este livro foi composto na tipografia
Minion Pro, em corpo 11,5/16, e impresso em
papel off-white no Sistema Digital Instant Duplex
da Divisão Gráfica da Distribuidora Record.